우리가 사랑할 날이
얼마나 남았을까

동학사 일초 스님과 비구니 스님들의 편지

우리가
사랑할 날이
얼마나
남았을까

———

동학사 일초 스님과
비구니 스님들의 편지

민족사

삶이란 살고난 자의 일기장 같은 것
다시 한 번 삶을 들춰보면서
미움을 사랑으로
사랑을 감사로
아름답게 장식해 가는 것이
나이를 먹는 것이다.
세월은 삶을
지나가는 나그네일 뿐
오직 지나가는 시간을
멀리 두고
바라볼 수 있는
마음이 행복하다.

2017년 음력 1월 1일
일초 합장

선생님의 서간집을 내면서

동학인들에게 있어서 계룡산은 그리움입니다.

눈 덮인 쌀개봉이, 듬직한 문필봉이, 우리들이 강인하고 총명한 수행자로 성장하는 것을 지켜보며 함께 했기 때문이라 생각합니다. 그러나 어디 자연만이 우리를 길렀겠습니까.

계룡산 동학사에 우리들의 스승이신 경월일초 스님이 때론 거목처럼, 때론 산들바람처럼 머물고 계시니 그곳이 그리움이 된 것이지요.

그러나 정작 우리는 그리움만 지닌 채 그 곳에서 4년을 머물고는 중물 뽀얗게 들며 떠났습니다.

그리고 그것으로 끝이었습니다. 하지만 스님은 언제나 동학에 계시면서 떠나가는 우리들에게 더 잘해 주신 못한 아쉬움을 뒤로 하고, 다시 새로운 이들을 맞이하며 동학을, 동학인을 사랑하며 그 곳에 계신다는 것을 내가 알게 된 지는 얼마 되지 않았습니다.

작년에 스님의 『화엄경 게송집』을 만들며 출판사 직원들과 함께 모인 자리에서 자연스럽게 스님께서 쓰신 시에 관한 이야기를 나누다 오랜 세월 모아둔 편지들이 있다는 말씀을 들었지요.

편지,

이 한 마디가 설렘으로 다가왔습니다. 보고 싶어졌어요.

40년 전부터 모아 오신 편지들이 있다니!

우리가 학인이었던 시절엔 좀처럼 표현을 잘 안 하시는 분이어서 그런 면이 있으시라곤 꿈에도 생각 못했었습니다. 오랜 세월 이별했던 제자들의 편지와 숱한 인연들의 이야기가 담겨진 편지를 지니고 계신다는 것 자체만으로 놀랄 일이었습니다.

그렇게 만난 편지들 속에 내 도반들이, 선배와 후배들이 곱게 적어 선생님께 남기고 간 흔적을 보면서 밤을 꼬박 새었습니다.

누군가는 졸업하고 떠나는 날 밤에,

외국에서 수행하며 겪은 어려움과 그 행복을,

고된 삶의 어느 한 자락에서 선생님의 제자로 승가에 오롯이 남겠다는 의지를,

형이라 부르며 살갑게 다가오는 서림 스님의 아름다운 글들이 주는 행복감,

누나를 그리워했던 속가 동생의 마음에서 느껴지는 아픔과 아련한 그리움…,

어린 소녀 선화행의 똑 소리 나는 질문들….

일일이 이들에게 답장하며, 수행의 길에서 멈추지 말라는 가르침을 나지막한 목소리로 들려주시는 것이 눈에 선합니다. 자신이 고민하고 있는 문제에 대해 조심스럽게 스윽 드러내다가 편지가 끝나갈 때쯤이면 선생님이라면 이렇게 답을 주시지 않을까 하며 가르쳐 주신 대로 열심히 살겠노라 하는 편지를 마주하니, 동학을 떠날 무렵 방황하며 고뇌하던 내 청춘의 아픔도 함께 느껴져 더욱 진한 감동을 받았습니다.

학장스님, 강주스님, 학림장스님, 큰스님, 수많은 호칭 중에 저는 선생님을 제일 좋아합니다. 저만 그런 줄 알았는데 편지를 보니 많은 동학인들이 선생님으로 부르는 것을 좋아하고 있더군요.

이제 우리는 더 이상 편지를 쓰지 않는 세상에 살고 있습니다. 사람들은 스마트폰 때문이라 하지만 그것보다 순수하게 자기 자신을 누군가에게 드러내 보이지 않기 때문은 아닐까 하는 생각이 듭니다. 편지는 진솔하게 종이 위에 내 마음을 써내려 가는 일이라 마음으로 전하고 싶은 것을 글로 전하는 것이라 생각하며 그런 마음으로 그리운 이들에게 선생님의 아름다운 시와 맑은 편지를 보내드리고 싶었습니다. 그리고 선생님의 허락과 고귀한 것을 알아보는 민족사의 안목이 이 편지들을 세상 밖으로 나오게 했습니다.

선생님의 서간집이 우리에게 생각할 수 있는 여유와 내면의 깊은 이야기를 편하게 할 수 있는 시간을 갖는 계기가 되었으면 참 좋겠습니다.

그런 의미로 선생님의 시 한 소절로 화두를 챙겨볼까요?

미움도 추억이라는 이름으로
사랑할 수 있는 나이에
… (중략) …
사랑 아님이 없음을 알았는데
내가 사랑할 날이 얼마나 남았을까?

2017년 새봄에…
서울 목동 반야사에서
원욱(동학 22기) 합장

차례

1장

바라만 봐도

그저 좋은 사람들에게…

:: 일초 스님이 보낸 편지

2장

때론 풀꽃처럼
때론 허공처럼
:: 서림 스님이 일초 스님에게 보낸 편지

3장

그리운 스승

가슴에 품고…

:: 동학사 비구니스님들이 일초 스님께 보낸 편지

14 •

4장

흔들릴 때마다
힘이 되어 주시는 스님
:: 세상 사람들이 일초 스님께 보낸 편지

*1*장

바라만 봐도
그저 좋은 사람들에게

:: 일초 스님이 보낸 편지

여행길에 만난 행복

스님, 청안청락하시지요?

불혹不惑의 나이에 들어서면서 저는 내 영혼과 육체가 파도에 부딪쳐 녹아내리는 거품처럼 꺼져가는 어떤 의미를 잃어가는 것을 느낍니다.

존재의 의미, 소유의 의미, 그것들과 아무 관계도 없는 이방인이 되어 버린 것은, 이 마음은 어디에서 오는 것일까요?

어느 날 가방 하나 달랑 메고 길을 떠나고 싶어서 소녀 때나 생각하는 마음으로 무작정 역으로 향했어요.

'어떤 기차를 탈까?' 어린 시절에는 기차요금을 먼저 생각하고 기차를 탔다면, 이제는 삶을 생각하면서 기차를 타고 싶더군요. 그래서 비둘기호를 탔어요. 그 곳에서는 어떤 삶의 의미를 아주 많이 만날 수 있을 것 같았지요. 기차에 올라와 생각하니, 어린 시절에도 지금과 같은 생각이 드는 날에는 완행열차를 타고 진하게 묻어

오는 삶의 의혹을 가지고 기차에 오른 사람들을 보았어요. 그때도 사람들의 살아가는 모습들이 보기 좋아서 마냥 설레었지요.

차는 서서히 이십대 인생人生의 서원처럼 미끄러지기 시작했고, 창밖에는 들녘 새색시의 곱게 빗어 올린 머리처럼 갓 피어난 억새들의 수줍음이 바람에 하늘거리더군요. 그 억새 앞에 보라색 청초한 들국화라도 몇 송이 앉아 있으면 얼마나 잘 어울릴까 하는 생각이 들었어요. 차창 밖으로 펼쳐진 들녘 너머 멀리 하늘을 바라보았는데 정말 감동이었어요.

'초가을 하늘은 청정 그것이런가!' '내 마음도 저리 맑을 수는 없을까?' '진정한 삶의 의미는 무엇일까?' '인간人間은 왜 만족할 수 없을까?'

꼬리에 꼬리를 무는 상념想念 속에 "만족할 줄 모르는 마음 때문에 괴롭다."고 하신 부처님의 말씀이 떠오르더군요. 부처님도 만족할 줄 모르는 중생 때문에 고뇌하셨을 거예요.

> 만족할 줄 모르는 마음 하늘처럼 텅 비워지면
> 그 곳에 만족이 있다는데 텅 비어서 또 슬픈 중생
> 중생은 길을 잃어버린다.

상념에 젖어 위와 같이 메모를 하고 있는데, "스님, 김밥 좀 사세요."라는 소리에 살짝 상념에서 벗어나 일상으로 돌아왔지요. 나를

깨운 목소리의 주인공, 김밥 파는 할머니를 보고 빙그레 웃으면서
세월만큼이나 거칠어진 할머니의 얼굴, 그 아련한 미소 속으로 들
어갔어요.

"김밥 얼마예요?" "1,800원인데요."

어머니 같은 할머니의 손에 들린 김밥을 차마 거절할 수 없었어
요. 2,000원을 드리면서 "거스름돈은 놔두세요."라고 했지요. 그때
고맙다고 하면서 얼굴에 퍼져가는 할머니의 기뻐하는 얼굴이 참
인상적이었어요. 할머니의 함박꽃 웃음과 연신 고맙다고 하는 인
사를 받으며 만감이 교차했어요.

단돈 이백 원의 기쁨, 저렇듯 환하게 웃을 수 있는 마음, 아주 사
소한 것에서도 행복해 질 수 있다는 것을 느꼈지요. 작은 것이라도
마음을 잘 쓰면 바로 지금 이 자리에서 행복으로 충만해질 수 있다
는 것을 알았어요.

> 하늘빛이 맑아지면 물빛도 따라 맑아지고
> 사람의 눈빛도 따라 맑아진다.
> 그 높고 넓은 하늘이 비어 있는 것만큼
> 행복으로 채울 수 있다.

1987년 어느 가을날에
일초 합장

내 마음속의 스승

스님, 겨울바람이 가슴을 파고드는 날이면 나는 항상 스님을 생각합니다. 나에게 진정한 승려의 모습을 가르쳐 주신 스님….

제가 동학사에서 대교大教를 배우던 시절에 뵈었으니 참으로 오랜 세월이 흘렀네요. 그때 마침 지객(知客: 절에서 주로 손님을 접대하고 인도하는 역할을 함)을 살았기에 스님을 뵙게 되었으니 모든 게 인연의 묘한 법칙인 것 같습니다.

추운 겨울날 파리한 얼굴의 스님이 동학사에 오셨어요. 그날은 스님 외에도 두 분의 객스님이 더 오셨어요. 스님들께 이불을 챙겨 드리고 공부를 하다 잠이 들었는데 한밤중에 공양주스님이 급히 깨워서 일어나게 되었지요.

사연인즉, 객스님 한 분이 정재(부엌)의 한 귀퉁이 나무를 쌓아 둔 곳에서 계신다고 하시면서 빨리 가보라고 하셔서 정재로 향했어요. 그때 정재에 계신 분이 바로 스님이셨지요.

"스님, 추우신데 왜 이곳에 계세요?"

"네, 제가 기침을 너무 많이 해서 다른 스님들이 잠을 못 주무실 것 같아서 이곳으로 왔습니다."

저는 스님의 그 말씀을 들으면서 '아!' 하는 감탄사가 절로 나왔어요. '그토록 심하게 기침을 하면서 다른 스님들을 배려하느라 이 추운 겨울밤에 이 차디찬 부엌에서 밤을 지새우고 있다니…' 하면서 눈가에 그렁그렁 눈물마저 맺혔어요. 곧바로 솥에 물을 붓고 아궁이에 불을 지펴놓고 차마 떨어지지 않는 발걸음을 옮기면서 '참으로 승려는 이런 것인가, 승려의 마음 씀과 행동은 이래야 하는구나.' 하면서 내내 감동하였지요.

그 이튿날 다른 객스님 두 분은 만행을 떠나셨고, 편찮으신 스님께는 객실에서 쉬어가시라고 권해 드렸습니다. 다행히 스님은 저의 청을 받아주셨어요. 여러 날 동안 따뜻한 물을 가져다 드리고, 죽을 끓여 드리면서 쾌유를 빌어드렸지요. 스님을 뵐 때마다 수행자의 표상을 보는 듯해 늘 감동이었어요. 그러나 스님의 병은 이미 정도를 넘은 느낌이었어요. 그래서 더욱더 안타깝고 마음이 아팠습니다.

그런데 며칠 후 아침에 죽을 들고 객실 문을 열었는데, 방이 텅 비어 있었어요. 스님은 이미 자취가 없으셨고, 스님이 벗어서 가지런히 개 놓은 누비 두루마기와 한 장의 편지를 발견했습니다.

"지객스님, 저는 이제 얼마 못 가 이 세상에서 사라질 것입니다. 제게 잘해 주신 지객스님, 제가 이 세상에서 베풀 수 있는 것이 이 것뿐이네요. 제가 가진 것은 이 누비 두루마기 하나밖에 없습니다. 이 옷을 고마우신 지객스님께 드립니다."

저는 이 편지와 함께 한 벌의 누비 두루마기를 받아들고 한동안 어쩔 줄 몰랐습니다. 너무 당황스럽고 애처로워서 견딜 수가 없었어요. 이 추운 겨울날 병든 몸으로 얇은 승복 한 벌 걸치고 저 눈 속으로 떠난 스님을 생각하면서 얼마나 가슴이 아팠는지 모릅니다.

'공부하다 병든 몸, 초연히 몸 바꿀 것을 생각하면서 철저한 무소유 정신을 실천한 스님, 단 한 벌의 남은 옷마저 베풀 수 있는 스님'을 생각하면서 '앞으로 나의 삶도 그렇게 꾸려가야지' 하는 서원을 세웠습니다.

눈이 오는 날이면, 저는 누비 두루마기를 남기고 가신 스님을 생각하면서 저 스스로를 점검합니다. 스님, 고맙습니다.

2005년 12월 눈이 많이 온 날에

일초 합장

⎯ 겨울 이야기

봄이 늙어 버린 대지 위에

산은 보이지 않고 눈만 보인다.

밤새 들려오던

삶을 내려놓은 설해목 소리는

이별의 아쉬움을 노래하고

새벽 찬 바람에

별들은 하나 둘

집으로 돌아가는데

햇빛에 비치는 산빛은

거울 같구나.

바람이 소리비 되어 내리면

나는 방 안에 앉아

세상을 살고난 사람이

얼마나 자신이 바보인가를

생각해 본다.

설해목: 눈의 무게를 못 이겨 쓰러지는 소나무.

감기 몸살을 앓으면서 상념에 젖다

스님, 잘 지내시는지요? 건강은 어떠세요.

나는 며칠 동안 심하게 감기몸살을 앓았습니다. 몸은 아프지만 한편으론 푹 내 안에 잠겨 상념에 젖을 수 있어서 좋았어요. 자기로 돌아와 성성하게 자기 자신을 마주하고 보면, 번뇌 속에 헤매고 있는 스스로를 발견하고는 화들짝 놀라면서 서글퍼집니다. '공부를 하려면 아직도 멀었구나' 하는 탄식도 하게 됩니다.

진리는 처처處處에서 나타나고, 무상無常은 보이는 것이 다 그것인데도 말입니다. 석불石佛의 차가움보다는 중생의 뜨거운 번뇌에 더 가까운 자신 속에서 자신을 챙기는 일념一念이 더 그리운 날이 있습니다. 무상의 흔적을 엿보면 더욱 그러합니다.

스님, 감기몸살을 떨치고 일어나 맨 먼저 한 일은 내 상념의 흔적을 남겨 스님에게 안부 겸 보내는 일이 되었네요. 그냥 한번 보세요.

스님의 건강을 빌며 일초 합장

상념想念

소리 없이 일렁이는
번뇌煩惱의 파도를 보면서
나는 손 안에 들어 있는
염주念珠 알을 꽉 쥐어 본다.

천만 번 뿌리쳐도
깨어지지 않은 절벽처럼
잠재우면 다시 일렁이는
상념의 가장자리를 붙잡고
오늘도 나는 나를 향하여
돌아앉는다.

나는 무엇이고자 했던가?
흐르는 흰 구름
잎을 떨구어 낸
눈 덮인 솔바람 소리 같은
삶을 원願하며
그렇게 살고자 했던
꿈들은 나로 하여금

어쩔 수 없는 현실로

돌아오게 하고

보이는 자에게만

보이고자 하던

단장하지 않은 마음은

오히려 그것이

아름다움이라고 느낄 때

나는 나로 돌아온다.

나의 마음은 희로애락의

절름발이가 된다.

두 다리 튼튼히 서노라면

어느새 희로애락의

절름발이가 된다.

이런 날은 사자후獅子吼가 아쉬워

주위를 살펴본다.

거기에는 솔솔한 바람과

소리 내어 흐르는 개울이 있고

천년을 빚어낸 파란 이끼의

옷을 입은 부도浮屠가 있고

한 쪽이 부서져 나간

탑塔의 모서리는

무상無常의 흔적을 보인다.

이 모두가 희로애락의

절름발이인 나를

일으켜 세우는 사자후獅子吼가 아닌가.

말 없는 말을 해 보고 싶다.

바라만 봐도

그저 좋은

그런 사람이고 싶다.

물이 소리가 있는 것이 아니라

흐르면서 커다란 소리로 화하듯

그런 사람이고 싶다.

영겁永劫의 시간이

일념一念에 부딪쳐

섬광閃光을 발發하는

그런 생각이고 싶다.

행복을 담을 그릇이 부족하다

스님, 지금은 밤 11시입니다.

가만히 앉아 한 생각 하다가 그 생각의 한 자락에 스님이 생각나 이렇게 편지를 씁니다.

참으로 인생은 한바탕 꿈이지요. 지나간 모든 것은 그대로 꿈인데, 왜 좀 더 나이 어릴 때 그렇게 느끼지 못했던가, 생각해 보면 끝없이 어리석은 것이 인간이구나 하는 생각이 듭니다.

20원의 돈이 없어 버스를 타고 시내에 다니지 못했어요. 겨우 40원의 돈이 생겨 시내 한번 가려고 주차장에 가면 학인들을 만나게 됩니다. 어줍잖은 중강 체면에 학인 한 명 차비 내어줄 돈이 없어 볼일 있다 핑계대면서 먼저 보내고, 또 먼저 보내면서 한나절 주차장에 앉아 먼 산을 바라다보았습니다. 그때에 '인생이 돈도 명예도 인연도 한바탕 꿈'임을 알았다면 지금쯤 나 자신에 대한 연민을 훨씬 더 많이 털어버리고 살 수 있었을 것이라는 생각이 듭니다.

참으로 행복은 길거리에 그렇게 많이 굴러다니는데 그것을 주워 담을 그릇이 이렇게 부족한지….

때로는 무정물에게마저 애착을 느끼는 어설픈 삶의 한 귀퉁이에 서서 철나지 않은 눈빛으로 아직도 세상을 바라다보는 나를 발견하고는 서글픈 미소를 지을 때가 있습니다.

인간의 나이 사십이면 불혹不惑이어서 그 나이쯤이면 자신에 속지 않고, 자기의 얼굴에 책임을 질 수 있어야 하고, 나이 오십이면 하늘의 이치를 알아야 하고, 나이 육십이면 세상 유정有情 무정無情의 소리를 들을 줄 알아야 한다는데 이렇게 길을 가던 마음이 가끔은 미아가 됩니다.

있으면 번거롭고 없으면 섭섭한 것이 중의 마음인가? 중이란 참으로 고약한 인생을 배운 사람이라는 생각이 듭니다. 50대의 1년은 20대의 5년과 같은 것입니다.

어느 날 훌쩍 누구 하나 곁에서 사라지면 그 빈자리 메우기 위하여 가슴 아파야 하는 뜨거움 안고 살아야 하는 나이가 다가오는 것 같습니다. 언젠가 '이별'에 대해 써놓은 게 생각나네요.

스님, 스님도 나와 같은 심정이 아닐까 싶어서 보냅니다.

모쪼록 아프지 말고 건강하세요.

1991년 1월 30일 꿈에 들지 못하는 한밤중에

일초 합장

이별

나는 항상 이별의
서러움을 달랜다.
그것이 무엇이건
헤어진다는 것은
슬픈 일이기 때문이다.
인간과의 이별이
서러운 것이라면
세월과의 이별도
인간과의 이별보다
더 서러운 것이라는 것을
이별에 익숙해진
불혹不惑의 나이 속에서
또한 새로운
이별의 서러움을 발견한 것이다.

오늘은 헤어졌다 내일 만난다 해도
역시 이별은 서러운 것이라는 것을.

보고 싶은 어머니

어머니,

이렇게 불러보고 싶습니다.

차가운 무덤에 등 대고 누워 푸른 하늘을 보면서 이야기하고 싶네요.

어머니,

이제 저도 나이가 내일 모레면 칠십이에요. 그런데 등을 기대고 어머니가 계신 곳을 향해 푸념 아닌, 아무에게도 할 수 없는 말을 하고 싶어요.

어머니가 그렇게 애지중지하시던 딸, 잘난 딸이라고 자랑하시면서 품었던 어린 아이가 이렇게 나이가 들어 이제는 노스님이 되었노라고 그동안 살아오면서 참아 왔던 이야기, 하고 싶었던 이야기를 하고 싶어요.

제가 무슨 말이든 하면 기쁨 넘치는 눈빛으로 쳐다보시던 어머니의 그 빛나는 눈망울을 잊을 수가 없어요. 어린 마음은 여전한데, 어느새 세월이 흘러 70이 된 아이가 시리게 맑은 저 텅 빈 하늘처럼, 사랑으로 가득 찬 천진함으로 나를 감추지 아니하고 적나라하게 드러내며 어머니께 이야기하고 싶어요.

오늘이 추석이에요. 어머니께서 때때옷을 해 주시면 3일 전부터 차려 입고 새색시처럼 앉아 있곤 했지요. 그 어린 시절이 왜 이렇게 그립고, 왜 이렇게 어머니가 보고 싶을까요. 나이가 들고 주름이 늘어갈수록 어머니가 보고 싶어요. 그 그리운 마음 담아 몇 자 써 놓은 것을 어머니께 올립니다.

2012년 10월 19일
일초 합장

늙음

힘이 빠져 나간 몸은
기대야 할 곳이 필요하고
수행자의 오롯한 자존심은
혼자 서 보려고 마음을 다진다.
마음은 우주를 담을 수도 있는데
육신은 방 한 칸 데필 기운이 모자란다.
무상함은 익히 알지만
추운 마음은 한가롭지만은 않다.
보고 싶은 어머니.

얼마나 더 비워야 행복할 수 있을까?

스님,

여름의 무더위가 머물다가 간 자리에 가을의 서늘함은 오지 않고 빈 하늘만이 내려앉은 늦은 여름의 뜨락을 보면서 비어 있는 마음을 봅니다.

참으로 어설픈 생각들이 가지가지의 이름을 만들면서 다가와 오직 이것만이라는 유혹으로 감싸려 하지만, 그래도 우리의 이성은 쉽게 유혹 당하지 않으려 합니다.

눈에 보이는 것 모두를 내 발 아래 취해야 하는 것은 아닙니다. 가끔은 주어진 욕심의 그릇이 그 정도까지는 아닌 듯해 걸음을 멈추고 그저 이렇게 바라보며 텅 빈 충만을 느낍니다. 때로는 하늘만큼 올라갔던 마음도 이 세상 모든 것을 다 가져도 채울 수 없는 욕망도 아무런 의미가 없을 때 조금 인간人間이 되는 것이 아닐까 싶습니다.

어느 날인가, 풀잎을 볼 때에는 풀잎이 되고, 꽃을 볼 때에는 꽃이 되며 세상을 향해 오직 감사하다는 작은 마음 하나로 살아가는 것이 행복이라 생각되더군요. 그런데 그 마음 하나 갖기 위하여 얼마나 더 비우고, 더 나를 버려야 행복할 수 있는 것인지요?

이렇게 비가 오는 날이면 그 누구에겐가 편지를 쓰고 아무것도 가지지 않은 텅 빈 마음으로 이야기를 하고 싶어요.

풀꽃이 모여 여름을 만들면 매미들이 오페라 만들 연습을 하고, 나무들은 화려한 무희가 되어 춤을 추며 여름을 즐깁니다. 인간은 청중이 되어 함께 노래하고 춤추며 살아 있음을 만끽합니다.

보란 듯이 높고 곧게 땅을 디디고 서서 시원스레 바스락대는 대나무를 보고 있으니 마음의 허기를 달래는 푸른 공기가 참 달디 다네요. 보이는 모든 것이 다 감사하고 충만한 행복을 줍니다. 마음의 눈으로 볼 줄 모른다면 이러한 행복을 느낄 수 없겠지요.

아쉬운 점은 바로 그겁니다.

세상 사람들이 마음 문을 열고 마음의 눈이 열려 그저 행복해지길 간구해 봅니다.

세상은 그림자
내 마음에는 그림자가
지나가고 있습니다.
기쁨의 그림자가 지나가고

슬픔의 그림자가 지나고 난 뒤에
그것은 다시 오지 않습니다.
어느 날 지나가는 그림자를
무심히 바라다 볼 수 있다면
지혜자인 것을.

2006년 어느 비오는 날에 불사를 마치고…

일초 합장

산하대지가 축제를 하는 아름다운 봄날에…

스님,

밤이 꽤 깊은 것 같습니다. 이런저런 생각을 하다 보니 잠을 놓친 것 같아요. 이 생명이 있는 한 벗어날 수 없는 늙음이라는 고苦 때문에 생각이 많아지는 나이가 되었나 봅니다.

정말 아름다운 계절, 봄입니다. 왜 이렇게 봄은 해가 갈수록 더 아름답게 느껴지는지, 가슴 시리게 아끼고 싶은 푸른 잎새 하나에도 마음을 담곤 합니다.

멀리 바라다보면 이 세상에 아름답지 않은 것이 하나도 없습니다. 지금은 붉은 영산홍·철쭉의 꽃잔치가 자못 흥겹고, 파릇파릇 자라나는 나뭇잎들의 아름다움도 그 무엇에 견줄 수 없을 만큼 황홀합니다.

산하대지가 모두 모여 축제를 합니다. 그 중에 오직 사람만이 축제에 내 놓을 것 없이 남의 축제에 기웃거리는 것 같은 마음이 들어 몇 자 적어보았어요.

세상은 모두 축제다.

산은 산의 축제

연초록의 꽃을 피우고

꽃은 꽃의 축제로

오색을 수놓는다.

사람들은 그 사이를 누비면서

또한 축제를 한다.

사람의 축제를 하는 것이 아니라

산과 꽃의 축제에 참가하는

이방인이다.

사람의 축제 속에

나의 축제는 어느 때 할까.

2006년 봄날

일초 합장

꿈이 꿈인 줄 알면 꿈이 꿈이 아니다

스님, 새벽예불 끝에 조용히 앉아 있노라면 아무런 번뇌 없이 적막하고 고요한 마음속에 비추이는 자신을 봅니다. 요즈음은 제가 동학에 머무를 필요가 없다고 생각합니다.

학인과 더불어 살려면 자주 시비를 하여 가르쳐야 하는데, 몇 년이 지나도록 한 번도 대중공사를 하지 않았으니 강사의 자격이 없지요.

제 마음속에 학인들의 잘못이 보이지 않아 경책할 마음이 나지 않으니 강사가 아니고, 그들을 향하여 할 말이 없어져 버렸으니 강사가 아니지요.

지금은 담담한 마음으로 혼자 있고 싶습니다. 그것은 귀찮아서도 아니고 더불어 있기 싫어서도 아닌데, 그냥 있고 싶었는데 또 인연의 고리를 만들고 말았습니다.

꿈이 꿈인 줄 알면

꿈이 꿈이 아니고

꿈이 꿈인 줄 모르면

영원히 꿈이다.

이 고요가 가라앉을 때까지만이라도 그냥 있고 싶습니다.

2008년 봄

일초

동학사의 봄이 더 아름다운 까닭

스님, 안녕하신지요?

시리도록 아름다운 봄날입니다. 모든 봄이 다 아름답겠지만 이 곳 동학사의 봄은 더욱 아름다운 것 같아요.

앙상하던 나뭇가지에 돋아나는 연초록의 잎들은 탄생이라는 의미를 가지고 우리에게 달려옵니다. 그 나무들도 제 성품이 있어서 같은 연초록인 것 같지만 밤나무, 떡갈나무, 은행나무, 단풍나무 등 가지각색의 다른 연초록 잎새들은 중생의 심성만큼이나 각기 다른 색깔을 띠고 있네요.

앞산을 바라보다가 고움과 순수함의 극치를 느끼고 중생이 느낄 수 있는 순수함의 주체는 무엇일까 생각하니 그것은 영원히 변하지 않는 연인의 순정이라는 생각이 드네요.

재주는 없지만 문득 망상이 떠올라 몇 자 끄적여 보았답니다. 부끄럽지만 봄소식 대신 보냅니다.

봄

당신은
오색 빛깔의 너울을 쓰고
사뿐히 오시는 고운 님일러라.

당신은
잔잔한 호수의 물결 위에
사뿐히 내려앉는 고운 님일러라.

생명生命을 일깨우는 당신의
연약한 잎새 속에
천고千古의 빛깔로 고이 빚어내는
아름다움은
변하지 않는
연인의 순정이어라.

1986년 3월 7일

일초 합장

남은 세월을 어떻게 써야 할까요?

사숙님, 건강하신지요?

어느 날 서늘하게 세월 지나가는 소리를 마음으로 들으면서 나에게 남은 세월을 어떻게 써야 하나 하고 망상해 봅니다. 편안하고 싶은 마음과 그래서는 안 된다는 마음이 자꾸 다투는군요.

사람들은 낙엽이 지는 것은 바라다 볼 줄 알면서 왜 꽃이 지는 것에 대해서는 그렇게 무심한지 모르겠습니다.

백천만겁난조우, 백천만겁에도 만나기 어려운, 끝없이 무량한 불법佛法 속에서 끝없는 행복도 있지만 앎으로 인하여 얻어지는 괴로움도 많은 것 같습니다. 모른다면 그냥 그대로 편히 살 텐데, 좀 더 잘 살아야 된다는 이 마음도 또한 욕심이겠지요.

하늘은 항상 높고 푸르지만 땅을 딛고 서지 않으면 그 하늘을 바라다 볼 수 없습니다. 그러나 땅에는 무서운 짐승도 있고, 잡초도 있고, 기는 벌레 한 마리에서 인간을 살찌우게 하는 사리(舍利: 쌀)까지 있습니다.

땅을 살필 줄 모르고 하늘을 보는 것이 천만 번 위험한 것이나 마음은 항상 맑고 푸르른 하늘만을 생각하니 참 한심한 일이지요.

대지에 마지막 떨어지는 봄 꽃잎을 보면서 이제는 한 해가 아닌 찬란한 봄이 갔음을 슬퍼해 봅니다.

부지런히 꽃을 나르던 봄은

훌훌 꽃잎을 날려 보내고

장엄해 놓은 녹음 위에

긴 나래를 펴며

오수의 편한 잠을 즐긴다.

칼칼한 찬바람이 불면

잠에서 깨어나

만들어 놓은 녹음 위에

가지각색의 수를 놓으면서,

또 부산함을 떨다가

어느 날 훨훨 떠나가는 잎을 보내면서

이별을 가슴 속에 묻어두고

다시 기다림을 배우겠지.

1999년 봄이 지는 날

일초 합장

내가 사랑할 날이 얼마나 남았을까?

미움도 추억이라는 이름으로
사랑할 수 있는 나이에
봄은 세상을 꽃밭으로 만들고
여름은 풍성하고 기운찬
젊은 날의 표상처럼 환희로우며
가을은 한 생을 살고 난 삶처럼
자기의 색깔을 만들어 장엄한다.
모든 것을 덜어내고 쉴 수 있는 겨울
마음의 씨앗을 만들어 고이 간직하는 따뜻함
이제 살갗을 스치는 바람의 향기도 맡을 줄 아는데
이 좋은 것들을 가슴 가득히
기쁨으로 받아들이며
사랑 아님이 없음을 알았는데
내가 사랑할 날이 얼마나 남았을까?

2016년 봄

사람도 자연도 관계의 이치에 따라 움직인다

스님,

찌는 듯한 삼복더위에 어떻게 지내시는지요?

사람도 자연도 관계의 이치에 따라 움직이는 것을 보면서 감탄할 때가 많습니다. 삼라만상은 물론이고 우리의 삶은 모두 관계의 연속으로 움직이고 있습니다. 이것을 불교에서는 연기緣起의 법칙이라고 합니다. 모든 것은 바로 "네가 있으므로 내가 있다"는 부처님께서 발견한 연기의 법칙, 곧 관계의 연속에서 벗어나지 않습니다. 사람들이 이러한 이치를 안다면 자비, 사랑을 강조하지 않아도 저절로 행할 것입니다.

자비와 사랑 같은 말들, 남을 돕는다는 언어들은 사회가 각박하면 각박할수록 더욱 무성해지는 것 같습니다. 부족하기에 더욱 찾아야 할 필요성을 느끼기 때문이겠지요.

우리 민족에게는 예부터 말하지 않아도 행해지던 생활의 규범 같은 진실하고 따뜻한 마음들이 강물의 줄기처럼 쉬지 않고 흘렀었는데 어느 때부터인지 그러한 마음들이 사라지고 고정된 조각처럼 숨 쉬지 못하는 생각들이 당연한 것처럼 자리 잡은 것 같습니다.

어떠한 사상이나 이념을 말하기 전에 우리는 자기가 자기를 다스리는 법을 익혔고 남을 의식하기보다는 자기 자신을 위하여 몸과 마음을 다스렸던 것입니다. 그런데 자기의 이익과 편리를 위해 조금은 무례해도 되고, 거칠어도 되며, 다른 사람을 불쾌하게 해도 된다는 의식이 만연해지는 것을 보면서 참으로 '어이 할꼬' 하는 탄식이 절로 나왔습니다.

잘못을 하는 자보다는 그것을 보는 자가 주의하고 반면스승으로 삼아 경계해야 합니다. 특히 우리 같은 수행자들은 세상 사람들의 거친 심성을 맑혀 주어야 할 책임과 의무가 있다는 생각이 듭니다. 무더운 여름, 동학의 계곡에는 수많은 인파가 몰려들어 눈살 찌푸려질 만한 행동을 보이곤 합니다. 그러한 모습을 보면 더욱 덥게 느껴지지요. 하지만 따뜻하고 포근한 심성이 느껴지는 사람들도 아주 많습니다.

더운 것과 따뜻한 것의 차이를 확실하게 체험한 이즈음입니다. 더운 것이 자기의 행동반경을 잃어버린 무례함이라면 따뜻한 것은 흐트러지지 않고 다른 사람을 배려하는 행동이라고….

더운 것은 짜증스럽지만 따뜻한 것은 포근한 안식과 평화로움을 준다는 것을 체득하였습니다. 소리 높은 구호보다는 생활 속에서

작은 실천을 통해 따뜻한 마음들이 우리 주위에 가득했으면 하는
마음이 드는 여름날입니다.

우리네 삶은 연기緣起, 곧 관계의 연속입니다. 우리 수행자들이
해야 할 일은 연기의 법칙을 일깨워주고 우리 주변부터 좋은 인연
의 씨앗을 널리 널리 퍼뜨리는 것이겠지요. 스님도 나와 같은 마음
이라 믿기에 짧은 글 한 편과 함께 제 마음을 전합니다.

　　　맑은 웃음

　　　티 없는
　　　맑은 웃음은
　　　여름의 솔바람보다
　　　더 시원한 것을.
　　　세상을 잊고 사는 마음은
　　　하늘의 즐거움보다
　　　더 즐겁다네.

　　　　　　　　　　1997년 햇살 뜨거운 여름날
　　　　　　　　　　　　일초 합장

풀잎을 볼 때는 풀잎이 되고
꽃을 볼 때는 꽃이 되다

서림 스님,

여름의 무더위가 머물다 간 자리에 가을의 서늘함은 오지 않고 빈 하늘만이 내려앉은 늦은 여름의 뜨락을 보면서 비어 있는 마음을 봅니다. 인간이 때로는 하늘만큼 올라갔던 마음도 이 세상 모든 것을 다 가져도 채울 수 없는 욕망도 아무런 의미가 없을 때 조금 인간이 되는 것은 아닐까.

참으로 어설픈 생각들이 가지가지의 이름을 만들면서 다가와 오직 이것만이라는 유혹으로 감싸려 하지만 그래도 우리의 이성은 쉽게 유혹당하지 않습니다.

어느 날 풀잎을 볼 때에는 풀잎이 되고 꽃을 볼 때에는 꽃이 되며 세상을 향해 오직 감사하다는 작은 마음 하나로 살아가는 것, 그것이 행복이라면 그 마음 하나 갖기 위하여 얼마나 비우고 더 비워야 행복할 수 있을 것인지!

이렇게 비가 오는 날이면 그 누구에게인가 편지를 쓰고 아무것도 가지지 않은 마음으로 이야기 해 보고 싶습니다.

여름 하늘

하늘은 구름의 집이다.

구름은 모두 달리기를 한다.

머물러 서 있는 구름

빨리 흘러가는 구름

하늘거리는 깃털 구름

성난 얼굴로 호령하는 구름

뭉게뭉게 피어나는 구름

비를 내려 온 대지를 청소하는 구름

하늘은 구름의 운동장이다.

구름의 세계도 사람과 같은

희로애락이 있나 보다.

하늘은 구름을 바라다본다.

살며시 미소 지으면서

하늘은 푸른 그대로 노을이 된다.

1998년 8월 비 오는 날

일초

무엇을 위하여 밤을 낮 삼아 바쁘게 살아왔는가?

스님, 아침저녁으로 선선해진 것을 보니 영락없는 가을입니다. 계절의 변화는 정말 어김없이 찾아오는군요. 산과 바다로 부르던 여름은 서서히 그림자를 드리우고 사라져 가네요. 예전에 어른들이 "세월이 왜 그렇게 빠르냐"고 하시면 별로 실감을 못했는데, 이제 내 입에서 "시간이 왜 이리 빨리 가느냐, 빨리 가지 않았으면 좋겠다" 하는 말을 자주 하게 되는 것을 보면 나도 나이가 많이 들었나 봅니다.

선비의 피리소리에 황홀해진 선녀가 하늘나라에서 내려와 옥비녀를 빼주고 갔다는 애틋한 전설을 지닌 옥잠화가 그 하얀 꽃봉오리를 터뜨려 온 도량에 진한 향기를 토할 때 가을은 가깝게 와 있다고 합니다. 이 가을 밖으로만 달리던 마음을 가다듬어 마음속 깊이 참 나를 찾고 싶네요. 그동안 왜 그리도 바쁘게 살아왔는지 모릅니다.

"무엇을 위하여 밤을 낮 삼아 바쁘게 살아왔는가?"

석가모니 부처님께서는 6년을 설산에서 고행하시고 달마 대사는 9년을 면벽 수행하셨는데, 세상 사람들은 말할 것도 없고 우리 수행자들도 앉아서 생각하는 시간이 부족한 것 같습니다. 과학이 발달되고 생활이 편리해질수록 점점 더 복잡하고 각박함만 더해 가네요. 바쁜 것은 한가하게 살기 위함이라는데 아차 하면 평생 다람쥐 쳇바퀴 돌 듯 살다 갈 수도 있습니다.

나를 비롯해서 모든 사람들이 어디로 갈 것인가를 생각하면서 자신을 찾아보는 가을이 되었으면 합니다. 자아를 찾는다는 것은 그것만으로도 마음에 안식과 평화를 가져옵니다. 우리가 살아가고 있는 바로 지금 부처님의 나라를 만드는 것이 바로 자아 찾기가 아니겠습니까?

젊은 날 내원사에서 하안거에 들어 용맹 정진하던 시절이 떠오르네요. 보름달이 허공에 떠오르고 무수히 쏟아지는 달빛들… 무명의 까만 때를 닦아낼 것 같은 달빛을 안고, 화두 속에 잠겨 있는 선승禪僧들, 천년을 솟아나도 다시 솟아날 것 같은 시원한 샘물 같은 모습의 선승들은 거룩하다 못해 애처롭게 느껴졌네요. 그때 노트에 써 놓은 두어 편을 되뇌어 봅니다.

스님, 다음에 시간 날 때 직접 만나서 우리의 영원한 화두에 대해 얘기해 봅시다. 만날 때까지 건강히 잘 지내세요.

1977년 여름 일초 합장

선승禪僧

햇볕에 그을린 까만 얼굴은
차갑게 쏟아지는 달빛에 바래고
한 점 티 없는 그 마음은
그대로 보살菩薩이어라.

억겁億劫을 흐르는 고요는
수많은 세월 동안 고독의 성城을 쌓고
아주 잊어도 좋은 듯이
앉아 있는 그대는
하나의 소녀少女이어라.

화산火山처럼 터지는 번뇌를 잠재우기 위하여
영원한 진리 앞에
단정히 앉은 그 모습은
하나의 청정한 샘물이어라.

월하선객月下禪客

어느 해 내원사에서 하안거를 하던 때
보름달은 허공에 떠오르고 무수히 쏟아지는
달빛 속에서 무명의 까만 때를 닦아 밀 것 같은
달빛을 안고 화두 속에 잠겨 있는 선승들의 모습은
거룩하다 못해 애처로움이었다.
그것은 천년을 솟아나도 또 솟아나는
시원한 샘물 같은 모습이었다.

몸이 늙으면 마음도 따라 늙으면 좋으련만…

스님, 가을이 깊어가는 소리를 들으면서 건강하신지 생각이 나서 올립니다.

이런 것이 인연인가 하는 생각이 듭니다. 한밤이면 겨울로 걸어가는 낙엽의 발자국 소리를 들으면서 죽음보다도 더 슬픈 그리고 자존심 상하는 것이 늙음이라는 생각을 합니다.

제 빛을 잃고 모두 하나 되어 춤추던 나뭇잎들이 자기의 모습으로 돌아와 빨갛고 노랗고 제각기의 모습을 자랑하지만 그것도 다 가을을 알리는 낙엽임을 어찌하겠습니까. 서운하고 원망스러운 것은 몸이 늙으면 마음도 따라 늙으면 좋으련만 따라 늙지 않음은 마음에 선근을 갖지 못한 중생에게 내리는 형벌이 아닌가 합니다.

사람은 다 자기의 소리를 한다더니 방문 열어두고 달을 찾으니 (모두 자신이 생긴 대로) 아직은 초승인데 둥근달을 기다려 주지 아니하고, 나무들은 손을 놓아 버립니다.

어느 날 여물어 떨어지는 밤송이를 보면서 이 세상에서 가장 탐

욕스러운 것이 밤송이인 것 같았습니다. 한 번 찌르면 며칠을 아파야 하는 침을 수백 개씩 달고, 그도 모자라 딱딱한 갑옷을 덧씌우고, 다시 또 떫은 보늬를 씌워 감춘 알밤. 하지만 어느 날 감추던 알밤들을 내 활개 벌리고 놓아 버리면서 어쩔 수 없는 세월들을 얼마나 원망했을까 생각하니 인간의 탐욕도 그에 못지않은 듯합니다.

우리도 네 활개 벌리고 놓아버리는 날 무엇을 생각할까? 갖는 것보다 비우는 것이 천만 번 어렵다는 것을 가슴에 조금이라도 담아 둔 사람은 빙그레 웃겠지요. 그 웃음 속에 허탈함이 어찌 없겠는가마는 그래도 탐욕은 마냥 중생의 기쁨인 것 같습니다. 상념에 젖어 가을하늘을 보면서 몇 자 떠오른 것을 써 보내 봅니다.

사바세계에 사는 중생에게 가장 큰 기쁨은 그것이 비록 큰 고통이라 하더라도 소유한 것은 버릴 수 없다는 생각인 듯합니다. 해탈과 욕망, 어느 것이 더 큰 기쁨이겠습니까? 우리 수행자들이야 해탈하고자 몸부림치지만, 가을빛 속에서 중생의 삶은 욕망으로 춤추는 것 같다는 생각을 해 봅니다.

스님, 쓰다 보니 넋두리처럼 들릴 것 같네요. 내내 건강하시어 많은 이들에게 덕화 드리워 주시길 빕니다.

2007년 가을이 깊어가는 날
금화사에서 일초 합장

─ 춤

가을하늘이
땅 위에 내려와 서면
땅은 환희의 오색 옷을 입고
춤을 춘다.

땅이 오색 옷을 입고
춤을 추면
물빛은
하늘과 땅을 얼싸안고
춤을 춘다.

그 물빛을
바라다보는 나는
일곱 빛 무지개 가슴으로
허~이 허~이 마음을 비우며
같이 춤을 춘다.

하늘과 땅의 높이보다
더 높이 춤을 춘다.

일혼의 가슴

70의 가슴은

가을 하늘을 닮았나 보다

높고 푸르면서도

차가운 바람이 지나가는 것은

왜일까?

눈가가 가려워 만지다 보니

세월이 흐르면서

눈가에 도랑을 만들었다.

그곳으로 젊음과 꿈, 열정, 괴로움까지도

흘러갔나 보다.

괴로움의 시간은

지혜의 샘을 만들고

즐거움의 세월은 꿈을 남긴 채

흘러가고 있다.

더 큰 도랑을 만들면서.

2012년 11월 11일 생일날에

지는 단풍을 보고

단풍 꽃은 왜 저리 고울까?
보고 또 보고 또 보기 위하여
한없이 서성거린다.
채 영글지 않은 인정일랑
접어두고
빛 고운 산자락이 그리움이 된다는 것을
이제 알았다.
저버린 나뭇잎이
슬픔이 아니고 외로움이라는 것을
내 이제 알았다.

2006년 10월의 어느 날에

맑은 하늘만큼 곱게 물든 어느 가을날에…

스님,

이 가을 시간 내서 동학사에 오세요. 올 가을을 함께 누리면 참 좋겠네요.

벚꽃 흐드러진 동학의 봄도 아름답지만 이즈음 상엽홍어이월화霜葉紅於二月花라, 서리 맞은 붉은 단풍이 이월의 봄꽃보다 어여쁘다는 옛말을 실감하고 있습니다.

동학의 산 빛이 붉어질 때쯤이면 모든 대지가 서서히 물들고 흐르는 개울물도 더 맑고 차가워집니다. 차가워진 물빛 속에 붉어진 산이 들어와 서면 산과 대지와 물빛이 모두 가을이 됩니다. 그것을 바라보는 나는 높은 하늘만큼 텅 비면서 곱게 물들어요.

단풍이 들고 낙엽이 뚝뚝 떨어져 이 나무 저 나무로 날아들며 꽃으로 피어나는 모습은 가히 환상적입니다. 이 나라 산천의 가을 어느 곳 하나 아름답지 아니한 곳이 없겠지만 동학의 가을은 사랑하지 않을 수 없어요. 춘마곡 추갑사라는 말에 비유한다면 봄 가을이 온통 아름다운 곳은 동학이 으뜸이라는 생각이 듭니다.

　스님을 부추기기에는 턱없이 부족하겠지만 벗을 생각하며 몇 자 쓴 것을 전하니 가슴에 담아 두었다가 조만간 동학의 가을을 함께 즐겼으면 합니다. 사실은 스님이 풀어낼 세상 이야기를 기다리는 것입니다.

　　나의 집

　　솔바람 소리

　　머물다 가는 뜰이 있고

　　달빛과 마주하고 누워

　　별을 바라다볼 수 있는

　　작은 마당이 있고

　　어느 날 아침 까치 소리에

　　오늘쯤은 정다운 벗이 찾아와

　　한 잔의 작설차를 앞에 놓고

　　세상 이야기를 전해주고

　　단 하루만 쉬어가는 벗이 있고

　　가을이면

　　구절초 흐드러지게 피어 있는

　　집이 있으면 좋겠다.

나누고 싶다 거저

가을의 창문을 열면
연인의 속삭임보다
더 감미로운 금풍이 분다.
가을은 푸른 하늘을 연다.
세상은 모든 것을 나눈다.

바람은 시원함을
공기는 상쾌함을
달빛은 그리움을
햇빛은 즐거움을

별빛은 세상의 눈이 모여
한꺼번에 반짝이는 것 같다.
이 모든 것이 생명生命이다.
가장 소중한 것은 거저이다.
이 나눔의 계절에 나는 무엇을 나눌까?

세상은 그리움의 천지이다.
연민을 가득 품은

황금빛 들녘처럼

나도 나누고 싶다.

거저 나누고 싶다.

바람처럼 나누고 싶다.

가을은

삶과 존재의

궁극적 고행 같은 것

넓은 가슴으로

가을의 들녘이 되고 싶다.

2013년 9월 24일

가을

낙엽을 쓸고 가는
바람소리가
들리는 날은
창문을 열고
먼 하늘을 바라다본다.
묻어나는 낙엽의 냄새에는
씨앗이 되어가는
즐거움이 있기 때문이다.

침묵 속에 성장하는 계절에…

　스님, 한파에 어찌 지내시는지요? 겨울 준비는 철저히 하셨는지 걱정이 됩니다. 강원도 방학을 해서 텅 빈 겨울의 고즈넉함을 한층 더 깊게 합니다.

　모든 것을 다 거두어간 겨울은 침묵 속에 성장하는 계절인 듯합니다. 어제 펑펑 내리는 함박눈을 보면서 만감이 교차했습니다. 겨울이 거두어 간 것보다 더 퍼부어주는 눈부시게 하얀 함박눈이 만든 세상을 보면서 청정함의 극치라는 생각이 들었어요.

　어린 시절 하늘에서 내려오는 눈 한 송이를 입술 위에 받아먹던 추억에 한동안 사로잡혀 있었네요. 한밤 자고났는데, 온 천지가 다 눈으로 화해 버렸거든요. 눈으로 뒤덮인 산, 들, 집, 나무들을 바라보면서 나도 그 속에 하얀 눈이 되던 시절이 있었지요. 어느 날 나비가 꽃에 앉은 모습을 보았을 때 그 여린 꽃술이 흔들리지 않는 모습에서 환희를 느끼듯이 앙상한 나뭇가지 위에 앉은 눈의 모습은 정녕 환희심 자체였어요.

부처님의 자비처럼, 부처님께서 모든 중생의 자부慈父이신 것처럼 눈에 감싸인 산하대지의 모습은 부처님 같고, 엄마 품에 잠든 아기처럼 포근해 보였어요. 그때를 떠올리면서 함박눈과 설화라는 제목으로 써 보았는데, 형제보다 더 따듯하게 다가오는 스님이기에 편지 대신 전합니다.

함박눈

황량한 들판에
내려오시는 그 모습은
하늘나라에서 배우신
청정淸淨이오이까.

사뿐히 내려앉는
당신의 자태姿態는
천년을 날아본 나비가
내려앉는 그러한 자태입니다.

당신은 욕심도 많습니다그려.
천지天地를 당신의 모습으로 물들이고
당신의 모습으로 덮어
잠재우는 부드러움은
해탈자解脫者의 모습에서
배운 기품이오이까.

어떤 거대함도 세상 모두를
자기 모습으로 만들지는

못합니다만은
당신이 오시는 날은
나는 항상 십육 세十六歲
어린 소녀少女가 되지요.

설화

나무가 가지인지
가지가 나무인지
가지에도 꽃이 피고
나무에도 꽃이 핀다.

소나무
잣나무
모두 모두 꽃이 된다
하늘도 꽃이 되고
땅도 꽃이 된다.

스님들이 앞장서서 자비행의 릴레이를 해 주기를…

학인스님들에게,

새해 연하장을 받고 나는 가슴이 덜컥 내려앉았습니다. '벌써 새로운 한 해가 왔구나', 속절없이 흐르는 세월에 대한 아쉬운 마음 때문입니다. 평소 스님들에게 "내가 10년만 더 젊었어도~~" 하는 소리가 그냥 나온 것이 아닌 줄 이미 잘 알고 있으리라 생각합니다.

내가 스님들에게 새해를 맞이하면서 당부하고 싶은 말은 "더 열심히 공부해서 지혜로운 승僧이 되라, 모든 사람에게 항상 기쁘고 환희로운 마음을 전하는 자비로운 승僧이 되라"는 것입니다. 지혜와 자비는 새의 양 날개와 같고 수레의 두 바퀴와 같습니다. 그 어느 것 하나도 소홀히 해서는 안 됩니다.

나는 오늘도 발원합니다.

부처님께 발원하나니,

나의 마음은 항상 모든 사람의 진실을 볼 수 있는 지혜를,

나의 귀는 즐거운 소리를 들을 수 있기를,

나의 입은 자랑스럽게 남을 칭찬할 수 있기를,

나의 눈은 아름답게 볼 수 있기를,

선량한 사람들과 벗이 되어 이 세상 사람들을

행복하고 이롭게 하는 지혜롭고 자비로운 승僧이 되겠나이다.

라고 간절하게 발원합니다. 세상이 어지러울수록 우리 수행자들은 더 지혜롭고 더 자비로워야 합니다.

우화 가운데 이런 내용이 있습니다.

모기와 하루살이가 함께 놀다가 저녁에 헤어지면서 모기가 하루살이에게 내일 만나자고 하니, 하루살이는 내일의 의미를 해석할 수가 없었지요. 그와 같이 세상에는 내일의 인과를 모르는 사람들이 많은 것 같습니다. 오직 오늘만을 생각하고, 자신의 그림자를 보지 못하고, 다른 사람의 그림자만 쳐다보는 근시안의 소리들이 난무합니다.

남을 비방하고 욕하는 소리가 넘칠 때 남을 칭찬하고 기뻐하는 소리를 더 많이 해서 기쁨이 가득한 세상을 발원해야 합니다. 잘못한 사람에게 질시보다는 연민의 정을 가질 수 있는 보살의 마음이 그리운 때입니다. 나에게 힘이 있다면 더러운 오물이라도 묻어주고 덮어주는 흙의 힘으로 다시 그것이 자양분이 되어 또 다른 것을 키워주어야 합니다. 따뜻한 마음을 가진 사람들이 늘어날 수 있도록 수행자가 앞장서서 기도하고 발원하고 보살행을 실천해야 하는 것입니다.

일체유심조, 일체는 마음이 만든다고 했습니다. 내 스스로 마음을 내지 않으면 일체 모든 것이 일어나지 않습니다. 이 말씀을 새해 새 아침에 음미해 보십시오. 내 것을 남에게 주면 반드시 받는다는 인과의 법칙, 그것은 오늘날처럼 인간의 마음에 어둠이 깔린 시대에 밝은 등불이 될 것입니다.

인간은 누구나 힘이 있습니다. 자신이 할 수 있는 것은 다 힘입니다. 그 힘을 이용하여 만용을 부리고 자기보다 약한 사람을 괴롭히고 혼자만 편안히 잘 살려고 하는 사람이 많으면 이 세상은 지옥이 됩니다. 반면에 선행을 하고 자비를 실천하며 세상에 보탬이 되고자 하는 사람이 많으면 이 세상은 그대로 극락이 되는 것입니다.

여러분의 자비심과 자비행이 불자들의 가슴에 꽃을 피우고, 불자들이 세상에 계속 퍼뜨려 자비행의 릴레이를 할 수 있는 한 해가 되었으면 합니다.

일초 합장

그리움으로 남아 있는 우정이
수행 길에도 큰 힘이 되네

보살님, 전혀 생각지도 못한 보살님의 방문에 참으로 반가웠습니다. 늘 궁금하고 보고 싶었는데 만나게 된 기쁨은 환희롭기까지 했습니다. 보살님이 돌아간 뒤에도 한동안 마음이 따뜻했어요. 기억하실지 모르겠지만, 출가하던 시절 모든 사람에게 잠시의 이별이라는 이야기를 남겨두고 다시 만날 약속을 하고 떠나왔는데 참 무심하게 세월이 많이도 흘렀습니다. 이제는 돌아간다는 생각마저도 잊어버렸어요.

옛 추억은 서로의 가슴에 그리움으로만 남아 있고 지금은 그리움만 품고 사는 나그네가 되어 있네요. 그러하기에 우리의 만남이 더욱 환희로웠는지 모릅니다. 오랜 세월이 흘렀어도 우리가 함께한 생의 한 모퉁이는 여전히 곱게 장식되어 있어 더욱 반가웠습니다. 우정은 그런 것인 듯해요. 변함없는 우리의 우정이 수행 길에도 큰 힘이 될 것 같습니다. 고마워요. 다시 또 만날 때에도 이 마음

여전하겠지요. 그 마음 한 편의 시로 전합니다.

환희

그것은 환희였습니다.
아무 가진 것 없어도
부러운 것이 없었습니다.

그것은 환희였습니다.
그 누가 내게 편안함을 주지 아니하여도
나는 한없이 편안했습니다.

그것은 환희였습니다.
마냥 바라만 봐도
그것은 항상 새롭기만 했습니다.

그것은 환희였습니다.
끝없는 즐거움만이
나를 감싸기 때문입니다.

　　　　출가 전 옛 친구를 수십 년 만에 만난 날 일초 합장

빈손, 빈 마음의 해탈락을 얻을 수 있을까?

스님,

겨울은 여러 모로 공부하기에 좋은 계절입니다. 자연이 그대로 공부를 시켜 주는 것 같아요. 잎이 뚝뚝 떨어진 빈 가지들을 이고 있는 겨울 나목을 보면서 무소유無所有를 배웁니다. 코끝이 시릴 정도의 맹렬한 추위 속에서 "기한飢寒에 발도심發道心한다, 춥고 배고픈 가운데 도 닦을 마음을 낸다"는 옛말을 되새기며 수행자의 분상을 다잡게 됩니다.

그런데 요즘 가슴 한 켠이 에일 듯 아리네요. 인간의 진정한 아픔이 느껴진다고 할까요. 어느덧 가버린 젊음을 한탄하게 되고, 그 무한한 아쉬움이 파고들 때면 정신을 못 차릴 정도입니다. 그동안 해태하였던 마음들, 그 게으름의 잔상들이 내 삶을 좀먹었다는 생각을 하면 정말 가슴이 아파요. 아무리 후회한들 세월을 돌이킬 수가 없어서 더욱 슬펐어요. 슬픔으로밖에 남을 수 없다는 것을 느끼면서 뼈저리게 반성하고 새로운 각오를 다졌지요.

"번뇌가 곧 깨달음"이라는 말처럼 아픔을 느껴야 한 걸음 한 걸음 성장해 나갈 수 있다는 마음이 들자 저절로 몇 구절이 떠올라 적어봅니다. 우리 이제 살아온 날보다 살아갈 날이 훨씬 짧게 남았지만, 빈손, 빈 마음의 해탈락을 얻을 수 있도록 열심히 정진해요.

시린 겨울날에

일초 합장

아픔

눈 내리는 겨울 밤
솔바람 소리보다
더 삭막한 것은
내 마음에 얻은 것 없이
가버린 젊음 보냈을 때일 것이다.

빈손을 펴보는 허무함은
어찌 한때의
젊은 날의
쾌락에 비교하겠는가.

하나의 생生이라고
믿어온 삶의 울타리는
울타리 너머 내다보이는
또한 저편이 있기에
빈손을 펴보는 허무함은
더 아픔이 될지도
모른다.

대교大教를 마치고 떠나는 학인들을 배웅하며…

물안개 피어나는

산마루에서

대지를 굽어보는 마음은

어찌 꼭 채워지는 것만이

행복이라 할 수 있겠는가.

때로는 비워버린 허허로움도

행복일 때가 있다.

인간人間은

보내고 난 뒤에 그리워하고

더 챙겨주지 못한

마음을 아쉬워한다.

별난 사람들이 모여 사는 이 곳

인간을 사랑하기보다는

자연을 사랑하고

머물기보다는

떠남을 좋아하는 마음속에서
진하게 흐르는 상념想念을
건져내는 사람들이 사는 이 곳
나는 이 곳을 사랑한다.

1990년 겨울

텅 빈 가을 하늘 같은 마음

가슴으로 받아들인 자연이

깊은 울림으로 내 마음에 다가올 때

만물은 내가 되고 나는 만물이 되며

다시 시가 된다.

서림 스님의 시는

텅 빈 가을 하늘 같은 마음이다.

맑은 개울가에 앉아 잔잔한 물을 만지는 느낌이라 할까?

대죽과 같은 꼿꼿함으로

승僧의 자세를 지키며

자연의 소리를 듣고 그들과 이야기하는

스님의 시를 들을 때는

이른 봄 눈 속의 복수꽃을 이야기하면

저편에 봄이 앉아 있고

가을 하늘을 이야기하면

하늘거리는 구절초 꽃의

향내음이 나는 그런 시인이다.

봄이 오고 비가 내리고 눈이 와도

시인의 마음은 멋이요, 풍류요,

마음 깨달아가는 오묘한 경지인 것을

꽃봉오리 하나에서도 화장 장엄의

중중무진한 세계가 춤추는

우주만물의 조화를 들여다볼 수 있는

마음이 아니면 어찌 이런 시를 쓰겠는가?

스님의 시를 볼 때 맨발 벗고

개울 물속에 들어가 물장구치며

고기 잡던 어린 시절이 생각난다.

정신의 깊숙한 곳에 피어나는

이 마음들이 어찌 그냥 얻어지는 것이겠는가?

가을하늘보다 더 맑고 들녘에 피어나는 풀꽃보다도

더 청초함으로 나의 마음을 아름답게 하는

시상이 아니고서는 이루어질 수 없을 것이다.

2009년

서림 스님의 제1 시집 출간을 축하하며

가장 아름다운 것

바람에 흔들리는 나무들의 몸짓이
흥겨워 춤추는 무희들의 모습으로 보일 때
모든 것을 사랑의 눈빛으로 보듬는다.
소녀처럼 얼굴 붉히는
세월을 안고 오는 마음이
눈은 자꾸 올라가고
마음은 무게를 더하면서 내려간다.
사물의 하나하나가 나임을 볼 때
모든 것은 사랑스럽고 고마우며
살갗 스치는 바람 한 점에도
살아 있음을 감사하고
이렇게 아름다운 것들을
볼 수 있다는 마음과
분별하지 않던 어린 시절의

천진함으로 나를 본다.

서림 스님의 시를 보면

어린 시절

개울가에 앉아 물속에 손 넣고

물을 간질이던 아련함과

클로버 꽃 따서 목걸이 팔찌 만들며

진달래 꽃 따서 입에 물고 깨금발 뛰던

어린 시절 즐겁고 신나던

가장 행복했던

나를 보는 것 같다.

스님의 글은 한생각 덜어내고 웃는

세월 지난 넉넉함이 있다.

마음의 눈이 열린 자만이 가질 수 있는 것이며

풀꽃의 함박웃음을 볼 수 있을 때

누릴 수 있는 행복이다.

세상에는 많은 길이 있다.

사람과 사람 사이에 난 마음의 길

사람과 자연 사이에 난 천진의 길

비운 자만이 가지는 해탈의 길

그 길을 찾아 떠나는 것이 승僧의 길이다.

그러나 인생에서 가장 긴 여행은

머리에서 가슴에 이르는 길이라 한다.

봄꽃 여무는 여정의 이 길에

삶과 자연을 노래하는

서림 스님의 시는

가슴에 이르는 길인 것 같다.

2014년 9월 5일

서림 스님의 제2집 시집 출판을 축하하며

한 생生의 기쁨

잔잔한 미소처럼

번져오는 마음의 환희는

이슬에 잘리는 거미줄처럼

애욕의 녹슨 끈을 잘라내고

어느 날 나도 모르게 피어나는

하늘의 풀꽃 속에

감사함을 느끼고

이 거대한 법法을 알고

한 생을 살았다는 것

하나만으로도

한 생의 의미를 갖는다.

잠자는 뜰

낙엽이 날아와
내 잠자는 뜰을
쓸면
나는 허공을
쓰는
빗자루가 된다

2장

때론 풀꽃처럼
때론 허공처럼

:: 서림 스님이 일초 스님에게 보낸 편지

가을 노래

큰형 같은 일초 스님께 올립니다.

스님, 무심결에도 마음으로 떠올려지는 스님, 스님의 웃음이 형의 얼굴로 다가오네요. 스님에게서 그토록 가깝고 따스함이 느껴지는 것은 아마도 처음 내가 강원 갔을 때 스님을 굉장히 어른스런 윗사람으로 바라봤기 때문인 것 같습니다.

건강하세요. 예나 지금이나 그대로 그 모습일 것 같습니다. 애시당초 못생긴 얼굴은 늙어가며 폼이 나거든요. 스님이 그러세요. 버릇없다 해도 사실이니 나무라지 마세요. 스님은 언제나 의지처가 될 수 있는 큰형 같은 얼굴이지요.

그나저나 어떻게 사세요? 어디 가서 사시든 많은 이들에게 마음의 양식을 길러주시는 일로 바쁘시지요?

내 사는 이것도 소임이라고 낮에는 오는 사람 만나서 한가함을 엿보고, 틈틈이 밭도 메고 풀도 베며 흐르는 물에 땀 젖은 옷을 빨아 너는 일도 산중생활의 분상이라고 생각하며 살고 있습니다.

저녁은 이것저것 남은 음식으로 대충 때우며 절제와 검소함에 만족할 줄 아는 일로 수행자의 청빈으로 삼고 있습니다.

밤이면 모깃불 피워 놓고, 쑥 향기 풀내음 물씬 담아 달바람 은하계를 바라봄도 도 닦는 분상에 즐거운 벗 삼으며 그냥저냥 살아가고 있어요.

작년 겨울부터 올봄까지 많이 아파서 병원 신세까지 지며 곤욕을 치렀는데, 병원에서 퇴원하여 다시 절에 와보니 스님의 선물이 놓여 있네요. 스님께서 보내주신 죽염을 한 박스 받아놓고도 제가 아무 인사도 못했어요. 미안합니다.

스님 사시는 곳 정말 가보고 싶었는데, 이리저리 안 되고 지금은 비자 철이 되어 이곳이 몹시 바빠져 버렸네요. 저도 한번 여가 내어 찾아뵐게요.

스님께서도 가을철 나들이 겸 저희 절로 오세요. 잔잔한 호수 같은 바다에 조개 같은 작은 섬들이 잔잔히 열려 있는 고흥반도, 참 깨끗하고 아름다운 곳이에요.

귀뚜라미, 여치 소리가 가을 소식을 들려주는 밤입니다. 무수한 별들은 예나 지금이나 멀리 있음에도 마음에 가까운 동화의 나라에서 내가 쓴 '가을 노래'를 읊어봅니다.

가을 노래

갈바람 부는 스산한 가을날은
보라색 들국화 갈꽃 휘 널린
외진 길로 님을 찾아 나섭니다.

빗물이 후두둑 지는 음산한 날은
물방울 진 고운 잎새 고요한 숲속을
내다보며 님을 생각합니다.

낙엽이 우수수 지는 해거름 날은
먼 빛 노을 감고 서두르는 님의 발길을
나는 하염없이 기다립니다.

가을이 깊어지메 송이송이 작은
꽃꽂이 한 아름 옆에 꽃낭 열려
시디 신 석류 알을 깨물며 정작
못 오실 님을 그리워합니다.

가을은 기다림이 외로워
마음에 애잔한 수를 놓아 수척한 몸을

가누는 눈물이 맑은 계절입니다.

항상 건강하시고 노질老疾에 시달림 없길 바랍니다. 내내 안녕히
계십시오.

1998년 칠월 여드레

금탑에서 서림瑞林 드립니다.

요 며칠 달이 휘영청 떴네요

스님, 오늘따라 형아라고 부르고 싶네요!

형아! 미안해요. 테이프 받고 전화로 목소리를 듣는 건 쉬운데, TV 프로보다는 라디오로 듣는 게 실감 있고 좋다고 하는 이들도 있듯이 목소리는 반갑고, 만남은 즐겁고, 편지는 마음을 전할 수 있어서 좋은 것 같아요. 우표 한 장으로 많은 이야기들도 엮을 수 있고요.

요새 정부에서 내주는 취로사업비로 근로자들을 보내 줘서 30명쯤 같이 일하느라 아주 바쁘게 지내고 있어요. 밤에는 그냥 잠에 떨어지고, 무진장 바빠서 날짜 가는 줄도 모르는 나날이네요.

요 며칠 달이 휘영청 떴네요. 식구들은 볼일 본다고 나가고, 내가 새벽 도량석을 하면서 달을 봤어요. 그제 밤에는 누가 감을 대바구니로 한가득 따가지고 와서 함께 녹차를 마셨더니 밤중에 해우소 가려 밖으로 나가니 달빛이 하얗게 내려앉은 마당이 눈 내린 밤처럼 아름답기 그지없었어요. 예전에 선방에서 잠과 싸우며 달과 놀던 생각에 밤새 거닐어 보고 싶었어요. 하지만 몸도 마음도 예전 같지 않아 잠과 게으름이 방으로 몰고 들어와요. 밤이 없는 세상이라면 정말 삭막할 것 같아요.

지금 이곳은 단풍이 담숭담숭 들어서 사람으로 말하면 40 중반으로 가는 것 같아요. 10대는 천방지축, 20대는 욕망, 30대는 삶을 엮느라 정신없이 살고, 40대는 삶이 어떻다는 걸 대강 짐작하며 허무를 느끼면서 살고, 50대에는 자신의 육체가 멀어져가는 허전함에 몸살하다 60대는 한 올이라도 잡아볼까 하는 막연한 심정일 것 같고, 그 다음은 덤으로 사는 인생이 될 것 같아요.

사대四大가 분해되어 가는 것을 알리기 위해 50대부터는 병고와 꺼져가는 화로 곁을 떠나가는 주위로부터 왜소함을 느끼는 것, 생각하면 성현들 쪽에서 보면 눈 한번 깜짝이는 초를 다투는 인생살이에 그래도 수행인이라는 위치에서 몸뚱이 하나 닦달하는 것 또한 쉽지 않다는 것을 느낍니다.

몸이 진짜 아팠을 때 오기와 심술이 나기도 하고, 누군가에게 위로를 받으면 눈물을 주르륵 흘리고 나서야 자신을 돌아보게 되네요. 자광 스님 말씀이, "병보다는 늙는다는 게 치욕적이야"라고 하시던 말씀, 자신을 속이지 않는 진실로 지금도 마음에 맴돌아요.

재미있는 일에 대해 쓰려고 했는데 요상하게 돌아가네요.

스님의 능엄경 테이프, 나는 차분하게 뭐를 한다는 게 잘 안 돼요. 휴아 스님(조카상좌)이 먼저 듣고 있는데, 내용과 스님의 음성을 정말 좋아해요. 휴아 스님이 듣고 저한테 얘기도 해 줘요. 이제는 음악도 듣고 좀 그러려고 하는데도 습성이 중요해서인지 잘 안 되네요.

여기 와서 사는 동안 상당히 바쁘고 고달프게 살았어요. 하도 먼 곳이라 스님들 왕래도 끊어지다시피 해서 소식조차 못 전했지요. 감감소식에 돌아다닐 엄두를 못 내서 사계절, 산과 들, 바다, 꽃들, 여름 밤 하늘의 별들과 달과 속눈썹, 팔의 피부 털까지 간질이는 바람결, 구름, 풍경, 새들 소리 등 자연의 아름다움 속에 오히려 사람들 속에서보다 한가로운 가운데 일을 해 온 것 같아요.

자연의 벗들은 절대 나를 잘못했다거나 잘했다는 칭찬도 없이 노래를 부르며 살 수 있게 평화로움을 주는 것 같아요. 자연에 대해 항상 감사하고 즐겁고 바라만 봐도 행복을 느꼈으니까요. 참 마음이 편안함을 느껴요. 그래서 바쁜 중에도 즐거움을 칠판에 적어 보기도 해요.

산늙은이

산에 사는 산늙은이는
기운 없이 호미 들고 밭에서 소일하고

마당에 풀 뽑고 부엌에 불 피우며
구름으로 돌아가는 굴뚝 냇갈 바라보며
만족한 웃음 짓는 산늙은이는
바람의 느낌에도 넉넉한 웃음 주고
동물에겐 자비를, 사람에겐 무심을
풀꽃과도 어울려 잘도 살지요.

산에 사는 늙은이 산늙은이는
세월이 가는 줄 도시 모르네.
풀잎 피면 산나물 뜯다가
풀피리 앉아 불고
풋나무 베어다가 모깃불 피워 놓고
은하수 달 바람 읊조려가며
구성진 여름밤 지샐 줄 아네.
나뭇잎 우수수 날리면 앞산 보고 중얼거리고
눈이 오면 옹크린 몸 어설픈 표정으로
추버라 추버라 부엌에만 뻐짝이네.

산에 사는 늙은이 산늙은이는
천진한 마음 늙지를 않네.
먹는 음식 타박 않고 좋아라고 웃는 입이

송곳니가 빠졌어도 미운 곳 없고
눈치가 빠해도 적당히 넘길 줄 아네.
허공 같은 그 마음 헤아려 살고
모나지 않게 살 줄 아는 산늙은이는
누구라도 뜻 맞춰 원근遠近이 없네.

경연 노스님 사시는 모습 보고 쓴 거예요.

글은 엮는 것이니까 재미로 읽어보세요. 얼마 전에 읍내 나갔는데 석류가 있어서 한 소쿠리 사다가 탁상에 놓고 들국화 꽃꽂이를 해 놓고 감과 찐쌀, 밤들을 모아 놓고 젊은 중 둘이 있어서 차 한 잔 하자 했더니 '분위기 잡네' 하는 표정으로 웃더니 그냥 가서 자더라고요. 그래서 혼자 차를 마시며 내 마음에 님 아닌 정작 기다릴 님이 없어 못 오실 님으로 그냥 폼을 잡아본 거예요. 가을에 오신다는 일초 스님, 일지 스님, 자광 스님 떠올려 보기도 했고요. 늘 건강하시고 단풍길 밟고 오세요. 바다 구경 시켜 드릴게요. 안녕히.

1999년 음력 9월
금탑사에서 서림 합장

봄 내내 고뿔을 앓아 서러운 날에⋯

스님,

스님, 불러보면 편안한 이름입니다. 사실은 얼마 전에 스님한테 편지를 쓰다가 못 쓰고 다시 날만 잡다 벌써 꽃 시절이 돌아와 버렸지 뭐예요. 밖에는 비가 촉촉이 내리고 방안은 어두침침. 이럴 때 내가 책상머리에 앉아 뭘 들여다보면 뭐가 보이느냐고 말하지만, 너무 밝은 곳은 산만한 분위기거든요.

그곳에 꽃들에 눈이 내려 앉아 있으면 단청에 눈빛이 화사하듯 꽃빛에 눈빛은 상상으로도 아름다움의 극치이겠네요.

화춘花春

삼라만상이 흔들리는 봄빛입니다.
꽃바람 아지랑이 꽃 그림자 설레이는

가녀린 노랫말을 엮어내는 사물事物의

시야視野가 아른거리는 꽃빛입니다.

꽃빛이 찬란한 날 새들은 꽃바람에 애처롭고 나는 봄 내내 고뿔을 앓아 서러운 날이랍니다.

나에게 님(부처님)마저 없었더라면 마음을 의지할 곳 없고 돌 한 개 풀 한 포기 구름 한 점도 벗으로 다가오지 않았더라면 내 늙어가는 날이 얼마나 외로웠을까? 봄만 되면 내가 정말 왜소하게 다가오고, 보잘것없는 인생 이래도 살아야 되나 이런 생각이 수없이 들다가도 봄이 가면 그런 구차한 생각들 싸그리 사라지고 정말 살맛을 느끼곤 합니다.

그러고 생각하면 내가 건강해야 세상도 살맛나고 부처님도 섬기고 자연도 벗도 내가 있어야 되는 거예요. 사실 사람뿐만 아니라 생명 있는 중생은 한없이 사랑과 자비를 줄 수 있는 마음이어야 행복한 거예요. 신체적 장애나 마음이 원만하지 못한 사람은 늘 불행할 수밖에 없어요. 건강이 삶의 전부라는 생각이 듭니다. 그러나 건강할 때는 중요함을 모를 수밖에 없어요. 그래서 경험이 철학과 진리를 가르쳐주는가 봐요. 되도록 봄에는 편지를 안 쓰려고 해요. 별로 유쾌하지 못한 감정으로 써봤자 아름답지 못하니까요.

내가 얘기 하나 해 줄게요. 금탑사 법당 옆에 돌 수각 위, 삼성각 마당에 동백나무가 탐스럽게 있었어요. 봄이면 붉은 꽃을 정말로 감정이 정열로 꽃피우듯 피어요. 그리고 그 밑에 작은 종각 앞에는 매화가 한 그루 있었는데 몇 년 전부터 한두 송이 꽃을 피우더니 근래에는 제법 많은 꽃을 피워서 이맘때 아침이면 꽃을 몇 송이씩 따다 찻잔에 띄워 향기를 음미하며 식구대로 아침 공양 후 한 시간씩 차를 즐기곤 합니다.

또 작은 텃새가 그 작은 머리를 굴리며 노란 줄이 있는 꼬리를 촐싹거리며 지저귀는 소리가 "그렇지, 그렇지" 하고 그 영글고 맑은 소리가 온 도량에 가득 찹니다. 때론 나 혼자 방에서 차를 음미하며 조용히 앉아 있을 때, 그 작은 텃새가 마루로 날아와 창호지 문살을 톡톡톡 두드려보곤 한답니다. 덕분에 알레르기로 방안에서만 지내던 봄날이 심심하지 않고 즐거움을 맛보곤 했어요.

그런데 재작년에 불사 때문에 동백과 매화를 몽당거려 다른 곳으로 옮겼더니 그 새가 작년부터는 오지 않네요. 이따금씩 뒤꼍에 와서 한 번씩 울고 간답니다. 새는 확실히 꽃을 좋아한다는 것을 알았어요. 나는 참으로 귀한 벗들을 잃어버린 셈이에요.

정말로 애타게 슬픈 감정이 밀려올 때가 있어요. 동백의 붉은 꽃송이가 이때쯤 벙글벙글 피어날 텐데 하는 생각이 들라치면 붉은 꽃잎과 노란 꽃술이 사무치게 그리워요. 눈꽃이 살포시 내려앉듯 앙징스런 매화 꽃잎에 꽃술들, 그리고 새… 정말 나의 그리운 벗들을 잃어버린 거예요. 그래서 작년부터는 그들에 대한 그리움 병을 겹쳐 앓는 나의 봄병을 스님은 이해해 주시겠지요.

밖을 내다보니 나무들 사이로 안개비가 가득 끼었어요. 자연은 이렇게 질서정연합니다. 나뭇잎을 틔우는 데 어머니 젖빛 같은 물로 키우는 거예요. 내가 좋아하는 5월이 오면 즐거운 편지 하겠습니다. 늘 건강하시고 내내 안녕히 계십시오.

편지

봄을 물고 오는 쪽빛 제비
분홍빛 편지에는
삼라만상의 소식들이 가득하고

자연을 노래하는
우리들의 편지는
앳된 시화詩畵들의 정서가
아름다워라.

꽃이 피고 새소리 즐거운
새봄을
늙음을 읽고 기다려진다는
일지 스님의 편지에는

꽃다운 마음이 설레이고

누더기 어깨에 함박눈
하염없어
아궁이 앞에 바라보는 불꽃이
사그라지는 잿불에
내 나이 곰삭는 정서를 묻으며
곱은 손으로 겨울 편지를 접네.

작년 겨울에 일지 스님한테 편지가 왔어요. 봄이 기다려진다 해
서 쓴 건데 재미로 읽어보세요.

단기 4334년(2001) 3월 초엿새

금탑사에서 서림 합장

올해는 떠돌이별이 되어볼까 해요

스님,

오랜만에 편지 쓰네요. 그간 건강하신지요?

여름이라 덥지요? 나는 봄 두 달을 호주에서 보내고 지금은 오스트리아에 와 있습니다.

생각해 보니, 일생 얼마나 산다고, 아등바등 살 일도 아닌 것 같습니다. 소임 살 때는 어려운 여건들 때문에 그랬지만, 소임에서 벗어나고 모든 것에서 벗어나니 마음에 남는 것, 가진 것 없이 홀가분하더군요. 그래 발길 닿는 대로 여행자가 되고 싶어 작년 가을 낙성식 마치고 우리나라 여기저기 돌아다녔습니다. 나보다 더 바보 같은 스님 하나 데리고 돌아다녔는데, 그래도 혼자 다니는 것보다는 낫더군요. 세상이 변해 차도 많고 그래서 그런지 사찰에도 객 문화가 없어져 객노릇이 정말 어렵더군요.

내친 김에 세계를 돌아보자 싶어 용기를 내었어요. '진즉 영어단어라도 몇 가지 익혀둘 걸, 그랬으면 혼자 세계여행을 만끽할 텐데' 하는 생각이 들더군요. 무식한 것은 그래도 손짓 발짓 눈짓으로 통할 것 같은데 길눈 어두운 것이 정말 한이네요. 입는 것은 옷 두어 벌이면 되고 먹을 것은 어쩜 우리나라보다 채소나 숙성된 치즈가 식성에 맞아 속이 든든합니다.

이곳은 우리나라 산에 절이 들어앉은 것처럼 천주교 성당이 자리 잡고 있습니다. 마침 소록도에서 평생 봉사하시다 고향으로 돌아온 할머니들이 있는 작은 공간에서 숙소를 잡아 지금 한 달째 접어듭니다. 다른 나라로 떠날까 하다가 이곳에 유학 온 아프리카 출신 흑인신부님이 7월 초에 방학이라 해서 독일, 프랑스 같은 옆의 나라를 함께 여행하자고 가이드를 해 주겠다고 해서 기다리고 있는 중입니다. 용케도 앞뒤로 알프스 산맥이 장대하게 펼쳐져 산이 그렇게 아름다울 수가 없습니다. 며칠 안 있으면 7월로 접어드는데 아직도 높은 산 정상에는 눈이 보이고, 온통 초록으로 우거진 푸른 색깔들이 싱그럽습니다.

낮은 산마다 깨끗한 초원들이 숲 사이에 이루어져 풀꽃들이 축복받은 사랑스런 꽃들로 꾸며져 있고, 그 풀들을 베어 말려서 건조장에 저장했다가 겨울 내내 소와 양, 사슴들의 먹이로 쓴다더군요. 소들이 아래에서부터 200고지가 되는 산 위로 풀을 뜯어먹으며 올라가 여름 내내 살다가 9월쯤 내려온다는데 입 주위와 꼬리는 희고, 아주 진한 밤색도 아닌 색깔의 소도 있고, 회색빛에 가까운 소들이 살이 올라 번들번들 윤기가 흐르는 게 아주 보기 좋아요. 그 모습을 보니 대부분 축사에 갇혀 사는 우리나라 소가 불쌍하게 느껴졌습니다.

이곳 사람들은 가끔 지인들을 초대해서 점심이나 저녁을 대접하더군요. 맛있는 빵, 감자, 야채, 치즈들로 상을 차렸는데, 소박하지만 아주 맛있습니다.

여기는 밤 9시가 되어도 우리나라 오후 5시, 6시처럼 훤합니다. 요즘은 아침햇살은 청록으로 눈부시고, 낮볕은 사정없이 뜨겁고, 해가 지려면 구름 부딪치는 천둥번개, 빗소리와 세찬 바람에 초록 물결은 춤을 추고 꽃빛은 더욱 선명해집니다. 새들은 중구난방 구름을 맴돌며 지저귀고, 그러다가는 또 금세 날씨가 환히 개이며 서서히 밤이 옵니다. 거의 날마다 이런 것 같아요.

어제 밤에는 밤이 꽤 깊도록 의자에 걸터앉아 있었습니다. 하지가 지나면 해가 확 바뀐다고 합니다. 옛날에는 높은 산 정상에 올라 불을 놓아 온 산이 불빛이었대요. 전쟁 후에는 젊은이들이 '자유' '혁명' 같은 글씨를 타이어 고무를 태워 불 글씨를 만들곤 하다 붙잡혀 가기도 하고, 혹은 어두워져 벼랑에 떨어져 죽는 사고도 있어서 밤새도록 산 위에서 있다가 날이 밝으면 내려오곤 했답니다. 어제 밤이 그런 날이라 불 밝힌다고 해서 기다렸더니 정말 산에 불이 하나 둘 밝혀졌어요. 불빛을 세느라고 한참을 헤아렸지요. 일기변화가 심한 지역이라 천둥번개가 일면서 구름이 불빛들을 감추고 비껴가고 하는 걸 유리 창문으로 바라보다 잠이 들어 아침 늦도록 잤습니다.

아무튼 올 1년은 떠돌이별이 되어볼까 합니다. 오늘 아침엔 흰죽을 쑤어 먹었습니다. 산중허리 감아 도는 신선구름을 바라보며 낭랑한 새소리 들으면서 따뜻한 형아 같은 스님 생각하며 편지를 씁니다. 오늘 점심 초대를 받아서 열두 시 되면 외출할 거예요.

늘 건강하시고 안녕히 계십시오.

2006년 6월 25일

연꽃 봉오리를 닮은 알프스 산 중에 쎄를레스 산을 바라보며

서림瑞林 씁니다.

늙은 몸뚱이 뒤에서 쭈뼛쭈뼛 눈치만 보네요

스님, 새해에도 건강하십시오.

구름 한 점 없는 밤하늘에 비행기가 줄을 긋고 갔나 봅니다. 흰줄이 길게 그어져 하늘에 별아기들이 "여기는 내 하늘, 그쪽은 너희 하늘" 하며 놀이를 하는지 꽤 오래 그어져 있네요.

빈 몸으로 다니는 게 버릇이 되어 후레쉬를 두고도 그냥 오르내리는 꼬불꼬불한 자갈길을 아침저녁으로 더듬거리며 오르내립니다. 어느새 내 발까지 비춰주는 달빛이 좋아 연인들의 이야기를 흥얼거리며 올라왔어요.

토담 너머로 한참을 내려다보다 토굴 안에 촛불을 켜고 편지 쓰다 토굴 벽에 붙어 있는 귀뚜라미 무리들을 바라보기도 하고, 온갖 해찰을 하며 혼자 놀다가 연필과 편지지를 주섬주섬 쥐고 궁둥이부터 토굴 좁은 문으로 내밀며 뒷걸음질로 기어 나왔습니다. 한 바퀴 돌면 될 텐데 왜 이리 옹색을 떨까 낑낑거리며 내 방으로 왔어요. 아는 처사님의 늙음에 눈물자국 비치는 편지에 답장도 쓰고 하다 보니 밤이 깊었습니다.

깊은 밤 마루에 나와 홀로 서 있자니, 내려다보이는 기왓골이 고요롭고 달빛은 희고 푸르릅니다. 올해도 여지없이 저물어간다고 하는 것, 각자 생명들이 가고 있는 것이겠지요. 그러면서 세월이 간다고 합니다.

오늘은 나무가 하고 싶어서 산에 가서 마른 삭정이 한 짐 해 왔습니다. 그래서 내 방은 따끈따끈, 몸을 노골노골 풀어줍니다. 그리고 푸석거리는 이불 밑에서 춥다고 몇날 며칠을 씻지 않은데다 밥 해 먹지, 불 때는 그슬림에 꼬질꼬질한 냄새를 느껴도 나의 냄새가 싫지는 않습니다. 냄새 안 나는 남의 방귀보다 지독한 내 방귀 냄새는 맡을 만하듯이 말입니다.

건강은 어떠신가요? 봄에 어쩌다 꿈같이 만나서 놀고, 일 년을 후딱 보내고 갈수록 태산을 넘는 삶에 기운이 부치는지 왜 그리 바쁘답니까. 아직은 일하는 사이가 빠듯해서가 아닌가요? 암튼요. 늙을수록 죽치고 있으면 삭신만 오그라지니까 스님처럼 단새나게 팔려 다니든지 나처럼 일에 짠지가 되든지 말든지 움직여야지요.

이왕이면 요새 아이들 발에 롤러인가 뭔가 바퀴 달고 달리는 것처럼 신바람 나는 재주라도 부려봤으면 해도 자빠져 골빈 뼈 부러질까 고개 절로 내둘러지고 부러워할 뿐입니다. 그저 싸목싸목 힘 따라 써금써금한 자동차 몰 듯 해야지요.

배고프면 밥 먹고 잠이 오면 자고 예불 안 해도 부처님도 지청구 안 할 나이가 되니 신심이고 성불이고 몸뚱이 뒤에서 쭈뼛쭈뼛 눈치만 본당게요. 썩을 놈의 몸뚱이가 그전같이 이쁘지도 싱그럽지도 않는, 꼴보기 싫은 것이 앞장서서 근심걱정거리로 뽐낸다니까요. 콱 어찌해 버릴까 고장 나거나 말거나 함부로 부려먹을까 해도 "얼렐레 나 없이 누구랑 살랑가?" 이러고 약을 올리며, 여기도 삐그덕 저기도 삐그덕, 요새는 손발도 저리고 둔해진다니까요.

큰소리 치고 살던 남자들이 늙으면 여자들한테 꼼짝 못하듯이 일생 부려먹은 몸뚱이 거슬렸다간 생生·사死 이별할까 봐 죽이지도 살리지도 못한단 소리가 중생을 여의지 못한다는 소리라는 것을 이제야 알았습니다. '가볍게 사는 법'을 터득하며 살아야지요.

늙어가는 나

아침에 찻상 앞에 둘러앉아
이런저런 훈계조로 세상 경험 많은 척
어른인 척했는데
한나절도 못 가서 행자들 앞에 성질 내고
하루를 못 넘어
마당에 풀 뽑다가 새소리 흉내 내고

꽃잎 지는 분홍빛 예쁘다고

두 손 들어 꽃잎 쫓아 어쩔 줄 몰라 하다

행자들 헤헤헤 웃고 섰네.

그때사 염치없어

내 꼬라지

마음은 어린 날이요,

몸은 늙어 꼴불견

몸과 마음 따로따로 노는 것 같아

나도 낄낄 우습네.

어젯밤 쓰던 편지, 아침 해 먹고 추운데 편지나 쓰자는 생각에 이어갑니다.

햇살이 토굴 창호지 문을 반짝 비추니 추웠던 문살을 펴는지 또도독 똑… 비껴 당기는 소리 역시 유정有情 무정無情 개유불성皆有佛性이네요. 썩은 것도 제소리를 하더라고요. 그러니 어찌 늙었다고 주위 처분 속에 살 수 있나요. 내 멋대로 살아가는 것이 상책이지요.

토굴에 있으면 문밖에도 나가기 싫은데 그저 산에 가서 나무 한 짐 해다가 불 때놓고 비자숲, 동백숲 돌아가는 냉갈만 바라보고 살아도 될 일을… 삶이라는, 생명이라는 현실을 외면하는 것이 이별보다 질깁니다. 사람은 싫으면 등 돌리고 돌아서는데 주위환경과 나를 따르는 병고는 함께 살자 사정합니다. 그거라도 붙들고 이 몸

운전 그칠 때까지 달래며 얼르며 살아야지요.

코에 실핏줄이 터지도록 해대는 재채기가 괴로운 봄이 안 왔으면 싶네요. 엎어놓고 콱 밟았으면 싶은데 형체도 없이 골탕 먹이는 것을 어찌 합니까?

스님, 우리 재미있는 생각 많이 하고 살아요. 아는 처사님이 명절이면 천지신명께 시방세계 신神에게 정갈하게 차 한 잔 올리며 기원한답니다.

"비나이다. 비나이다. 야망과 욕망의 사슬에서 매듭을 놓은 지 이미 오래 된 가녀린 이 한 몸 아파 누워 주위의 천덕꾸러기 되기 전 편안히 잠자듯 거두어 주소서."

천수에 연연하지 않으며 합장 배례하면서 이렇게 혼자 빈답니다. 몇 번이고 읽으며 어머니의 비원을 듣는 것 같아 가슴은 찡하고 눈물은 핑그르 그렁그렁 가슴을 메이는 감정, 슬프디 슬펐습니다. 내 앞에 서 있는 비원이기도 하기에….

점심공양 준비를 해야겠습니다. 건강하시고 내내 안녕히 계세요. 작은 텃새란 놈이 무에 그리 궁금해 토굴 뒷문을 콕콕 쪼아 구멍을 뚫고 포르르 날아와 엿보네요. 내 반가운 친구이며 벗이지요.

음력은 12월이고 양력은 2009년 1월에
금탑사 향소리 토굴에서 서림 합장

늙어갈수록 시간은 빨리 흐르고
챙겨야 할 짐은 많네요

스님, 건강하시지요?

이른 아침 새들이 지저귀는 소리에 누워 있을 수 없어 먼저 눈을 뜨고 몸을 좀 움직이면서 부엌 봉창 문을 바라봅니다. 부엌 인등이 별로 필요는 없지만 저녁이 되면 호롱불을 켜놓고 봉창 문을 열어 놓으면 유리에 불빛이 비쳐 방도 어둡지 않고, 잘 때는 반쯤 닫고 잡니다.

아침에 내다보면 부엌 마루 문이 참 좋아 보이고 또 하나의 방처럼 보입니다. 삶이란 무에 그리 바쁜지 작년 겨울 내내 허리와 다리 아픔 때문에 내 사는 집도 치우지 못하고 살았어요. 좀 나아서 초파일 전부터 방을 치우기 시작했습니다. 그제 어제 대충 치우고 탁상도 닦아 놓고 깨끗이 살아야지 싶어 돌아보면 몇 날이 지나 먼지가 뿌옇게 끼고 그래요. 정리해야 할 편지 종이 같은 것들이 여전히 널려 있습니다.

지금은 일어나자마자 맑은 물로 얼굴 헹구고 편지를 씁니다. 아침공양을 하고 나면 차 마시고 눈코 뜰 새 없이 하루가 후딱 지나면 피곤해서 잠을 자야 합니다. 그때마다 내가 꼭 개미 같다는 생각을 해요. 꼭 일만이 아니라 하루가 쏜살같이 '핑' 가는 것이 보이는 것 같아요. 새들도 삶을 위해 저리 일찍 일어나 아름답고 예쁜 소리로 야단들이에요. 예뻐 죽겠어요. 새소리 듣고 일어나는 아침이 너무 상쾌하고 기분 좋습니다.

　형아들 모두 뵙고 싶은데 제자리걸음에 종종거립니다. 멀리 떠난다는 것은 늙어갈수록 챙겨야 할 짐도 많아 힘든 것 같네요. 젊어서는 칫솔 하나 허리띠에 핀으로 꽂고 떠나면 그만이었는데, 늙으니 우선 약도 한 짐 챙겨야 하고….

　공양 목탁을 치네요. 요새는 밥 먹으러 가는 아침 길이 은근히 즐겁습니다. 다리도 안 아프고 새소리 들으며, 우리 개 천둥이가 가끔은 올라와서 함께 내려가 줘요. 귀여운 놈이랍니다.

　스님, 늘 건강하세요. 아프지 마시고요. 안녕히 계십시오.

2010년 5월 31일 아침

서림瑞林 합장

아픈 곳이 멈추어주면 온갖 것이 다 재미있어요

스님,

오랜만에 땅 파는 일을 했습니다. 작년 가을에 화단 정리하느라 수선화 밭을 하나 만들었는데 흙이 부족해 가느다란 실뿌리만 땅에 박고 알뿌리가 나와 있어 안쓰러운 생각에 흙을 덮어주었어요.

또 십여 년 전에 지리산 도솔암에 갔다 오는 길에 흰 싸리 꽃들이 예뻐서 한 뿌리 캐다 굴뚝 뒤에 심었더니 너무 지저분해 곡괭이와 삽, 호미, 돌 쌓을 때 쓰는 쇠 지렛대 등을 동원해 캐다가 해가 저물어 그만두었습니다. 아무래도 기운 센 처사 손을 빌려야 할 것 같아요.

모처럼 힘을 썼더니 몸이 개운함도 느껴지네요. 건강해서 일하고 놀 수 있었으면 좋겠습니다. 내 손길만 주면 모든 일들은 트집도 없고 속상하게도 하지 않습니다. 마음이 통할 수 있을 법한 인간 대 인간 관계는 구멍 뚫린 눈으로 보는 것, 귀로 들리는 것만큼만, 작게 뚫린 구멍만큼이나 정말 통하지 않고, 비뚤어지기도 쉽거든요. 눈 없고, 코 없고, 귀 없는 무정물들과는 근본적으로 통하는 게 있고 불편하지 않습니다.

내 손길을 준만큼 기쁨과 즐거움도 주고요. 사람도 미운 정 고운 정 부대끼며 사는 사람에게 정을 느끼듯이 일도 마찬가지라는 생각을 했습니다. 지겹고 도망치고 싶었던 일들과 노닥거린다고 생각하니 일도 즐거워져요.

늦가을이면 나뒹구는 낙엽들을 쓸어 모으며 나누는 대화가 있습니다. 떨어진 마른 잎들도 지네들끼리 한 곳으로 모이고 겨울나무 아래 쟁여져 따뜻한 품안이 되고, 나무에 거름으로 돌아가듯 인간도 인간의 거름으로 돌아가야겠지요.

어제 송광사에 가서 결제 법문을 듣고 와서 오후에는 주먹보다 작은 무들을 뽑아 일부 작은 김장을 했습니다. 배추는 포기가 너무 없어 다음에 하기로 했는데, 알이 안 찬 뻣뻣한 배추로 김장을 해야 할 것 같습니다.

스님이 두루마기를 어디다 놓고 다니는지를 모르니 어쩐데요. 택시 타고 돈도 안 내고 너무 자연스럽게 내리는 예가 더러 있지만 며칠 있으면 생각이 나더라구요.

그저께는 빅토리아 호텔 잠깐 갔다가 보살이 함평 국화축제에 간다고 가자기에 일하던 옷, 떨어진 얇은 옷을 입은 채로 따라나섰습니다. 정말 잘 꾸몄더군요. 가로등도 꽃가로등, 애벌레가로등 들도 참 예뻤어요. 어린아이들처럼 좋아하고 즐거웠습니다. 봄에 나비축제에 꼭 가려고요. 그때 함께 가요. 겨울에 곰 발바닥 핥듯 몸을 잘 추스르세요. 몸에 아픈 곳이 멈추어주면 온갖 것이 다 재미가 있어요. 전에는 느끼지 못한 것이에요.

금탑사 주위는 지금 담상담상 고운 단풍들이 아슴아슴 곱고 늦가을 정취가 물씬 돕니다. 참 좋은 계절이에요. 오래 머물렀으면 좋겠어요. 감성적으로 차분해지는 정서가 찬 기운에 오히려 안온함을 느껴요.

어제 오늘은 날씨도 정말 따뜻했어요. 기분 좋게 씻고 들어와 스님 생각하며 편지 쓰는 행복이 있어요. 보고 싶어요. 지용 스님은 일전에 한번 왔다 갔어요. 내일은 일지 스님한테도 전화해서 목소리라도 들어야겠네요. 일지 스님은 사람들 만남도 만들고 곰살궂게 사는 것 같아요.

감기 예방주사는 맞았겠지요? 감기 귀신은 고추가 두 개 달린 왕자님이셨대요. 콧구멍이 두 개라 콧구멍에 들어가며 눈썹을 잡고 "으쌰으쌰" 하고 들어간다네요. 그놈 조심하시고 건강을 잡으세요. 내내 안녕히 계세요.

2010년 11월 21일 금탑사 청라림에서

서림 합장

3장

그리운 스승
가슴에 품고…

:: 동학사 비구니스님들이
   일초 스님께 보낸 편지

더 아프게 회초리를 때려 주세요

강사스님 상백시上白是

푸른 하늘만 바라볼 수 있는 조그만 공간에서 몇 자 적습니다. 장마 지난 뒤의 불볕더위에 어떻게 지내시는지 궁금합니다. 책을 보시느라고 더위도 느끼시지 않으신지, 법문하시느라 바쁘신지, 아님 불사하시느라 땀에 멱 감고 계신지 한번쯤 상상해 봅니다.

벽에 기대어 쪼그리고 앉아서 '옛날 조사스님도 한때는 나처럼 이렇게 나태한 때도 있었을까?' '방학은 어떻게 보내야 잘 보냈다고 할까?' '어떤 것이 참 출가인가?' '마음과 행이 각각일 땐 어떻게 해야 하나?' 하는 독백을 해 봅니다.

하루하루 맡겨진 대로 거역하지 말고 순응하며 살자 하는 생각도 들지만 평화로운 푸른 빛을 보며 내면의 채찍질에 사대가 거역함을 느끼며 진실로 사는 것이 어떤 것인가 하고 여쭙고 싶어집니다. 아름다운 미구美句들은 더욱 나의 번뇌를 지어 오는 것만 같습니다.

스님, 스님의 가르침이 앞으로 나아갈 저의 회색빛 삶을 채찍질하리라 기대해 보며 스님의 자비로우심이 이심전심되어 우리 학인 모두 존경하는 마음으로 간경함이 변치 않길 빌어봅니다. 한 번 권하면 한 술이요, 열 번 권하면 열 술이라고 노인분들은 말씀하십니다. 힘들고 피곤하시더라도 게으름 병에 억눌린 중환자를 어여삐 여기셔서 더욱 아픈 회초리를 때려 주십시오.

사엄이후師嚴而後에 도존道尊이라 하시지 않으셨습니까? 오늘의 안일함이 내일의 후회를 부른다고 생각하며 스님의 회초리를 두려워하면서도 저 깊은 곳에서는 갈망하고 있습니다. 이제 새로이 책장을 넘길 때 존경심과 환희심으로 임하리라 다짐해 봅니다. 뵈올 때까지 법체 청정하시어 장애 없이 정진하시길 합장 배례하옵니다.

나무불 나무법 나무승

1984년 8월 10일
행자 드림

ps. 예를 갖추지 못함 이해해 주십시오.

가르침 뼈에 새기며 실행하겠습니다

선생님,

그간 건강은 어떠신지요. 기쁜 소식일랑 제일착으로 선생님께 전해야 될 텐데 별로 기쁜 소식이 없사옵니다. 평소 가르치신 말씀 뼈에 새기오며 그대로 실행하려고 애쓰고 있사옵나이다.

평소에 선생님 훈계 받아 배운 것 모두 귀중한 금언임을 선생님 슬하를 떠나와 타향 바닷가에 거하오매 비로소 깨닫는 듯하여지이다. 무슨 일이든 다른 이他를 먼저 생각하고, 하옵는 동안 엄청난 실수는 없사올까 스승님께 영광은 드리지 못하올지언정 수치는 아니 드리옵기를 기약하옵니다.

선생님, 이곳은 벌써 개나리가 피려 하오며 일기는 바람이 잦은 항구 도시답고 그러하지 않을 땐 포근하나이다. 이곳 인천은 승僧들이 비구승보다는 취처승聚妻僧이 많사와 법회를 보는 데도 편치 못한 점이 더러더러 있사옵니다.

수일 전부터 교도소에 법회를 보러 갔사온대, 그곳에서 느낀 점이 많았사오며 인천대학의 8층 건물 안에 모셔져 있는 불상은 분명히 맥이 뛰고 피가 흐르는 뜨거운 심장을 가지신 부처님이셨습니다.

묵묵한 돌불상에서 타지에서는 느껴보지 못한 법열法悅을 느낄 수가 있었사옵니다. 이곳 인천에서 제일 높은 콘크리트 건물 내에서 만난 부처님은 학생들처럼 패기 있게 사바에서 육도의 중생을 화도化道하시는 듯하였사옵니다. 화엄경華嚴經에서 말씀하시는 회향이 무엇인지 어렴풋이나마 지금에야 이해되어지려 함은 어인 일이온지요.

선생님 언제고 가장 평범한 말씀으로 가장 심오한 진리를 설파하신 부처님 전에서 퇴하지 않고 무변승복개회향하오며 저에게 가르침을 주신 모든 분들께 결코 실망을 드리지 않겠나이다. 선생님의 강령을 비오며 천추만대에 이어질 배움의 가람 동학사 오리길의 벚꽃 만발한 피안彼岸을 산책할 수 있는 영광이 함께 있기를 대자대비하신 부처님께 기원하옵나이다.

불기 2530년(1986) 4월 6일 한식일에

인천에서

문하생 설현 근상謹上

매서운 눈보라 속에 핀 하얀 매화처럼…

강사스님께,

해가 바뀐 지도 여러 날이 지났는데도 뵈옵고 인사조차 올리지 못한 무례한 제자입니다. 그간 강령하셨으며 삼직스님들께서도 안녕하신지요. 가끔 사찰 모임에 참석했을 때 앞으로 동학사는 많이 발전할 것이며 학인들이 열심히 공부한다는 소릴 들으면 두 어깨 밑에서 날개가 나올 것 같아요.

이 칙칙한 도시에서 눈이 와서 차바퀴에 깔려버린 더러운 모습을 볼라치면 삼불봉 나뭇가지에 설화雪花 되어 매달린 그 모습과는 너무나 다른 추한 모습에서 빨리 어느 이름 모를 산사로 달려가고파 하는 심연의 소리를 듣는답니다. 하지만 강사스님 문하에서 공부할 때 염染과 정淨이 둘이 아니라고 하시던 말씀이 귓가에 맴돕니다.

강사스님, 새 학인들이 들어와서 손잡아 가르치자면 많이 힘이 드실 텐데 건강에 유념하십시오. 좀 더 나이 들어 철이 들면 멋진 동문회를 머리가 희끗하신 강사스님 모시고 열 수 있는 영광된 날이 있길 발원합니다.

강사스님, 개척자의 길을 가는 구도자처럼 아직은 힘겨우시더라도 환히 웃을 수 있는 축복받은 날이 필연코 오게 될 것을 믿으면서 선생님도 저희들도 함께 기도해요. 매서운 눈보라 속에 핀 하얀 매화가 찬 서리 중에 핀 꽃이 아니라 무성한 여름에 피었다면 그 고매함은 노래되지 않았을 겁니다.

선생님, 시원한 산정의 바람과 제가 좋아하는 노오란 산수유를 저희 반 스님들과 선생님 모시고 함께 볼 수 있는 영광된 사월이길 빌어보면서 오늘은 이만 씁니다. 안녕히 계십시오.

불기 2531년(1987) 2월 17일

제자 설현 드림

이제 무엇이 울고 웃는지 그 주인공을 찾겠습니다

강사스님께 올립니다.

삼경을 알리는 수덕사의 범종소리와 함께 이곳 덕숭산의 고요는 시작됩니다.

그동안 선생님 안녕하시오며 대중스님들 또한 무고하신지요?

졸업을 한 뒤 저는 이곳에서 아무런 장애 없이 잘 있습니다.

지나고 나면 언제나 그냥 한번 흘려버릴 허심한 웃음뿐인 것을, 울 일, 웃을 일, 화나는 일, 신나는 일…. 무슨 일들이 그리 많았나 모르겠습니다.

큰 일 작은 일 모든 경계에 부딪치며 조금은 자라난 느낌도 들지만 안과 밖을 구분하고 서 있는 이 자리에 또 다른 무슨 일이 지나고 나면 역시 어리석음의 연속이리라 생각됩니다.

안으로의 자기탐구보다는 밖으로의 경계에 민감했던 저희 어린 마음을 웃음으로 걱정으로 달래주시며 가르쳐 주신 선생님께 진심으로 감사를 드립니다.

진작 인사 올리지 못한 저희들의 배은망덕이 부끄럽습니다.

선생님의 건강은 어떠하신지요?

좀 더 선생님을 도와드리지 못하고 여기 이 자리에 있는 것이 무척 죄송스러울 따름입니다.

이제부턴 이제껏 무엇이 웃고 울며, 무엇이 화내고 부끄러워할 줄 아는가, 그 사량하는 주인을 찾아야겠습니다.

강원에서의 배움이 사량 분별이 아닌 마음 비추는 일에 도움이 되어 주었음 하는 마음입니다.

선생님, 아무쪼록 선생님께서 학인들을 위하시는 마음이 모든 이들에게 통해질 수 있기를 바라오며 저 역시 선생님을 이해해 드리려는 사람으로 있겠습니다.

동학을 사랑하시는 선생님의 건강을 빌겠습니다.

안녕히 계십시오.

1986년 3월 28일

제자 상휴 올립니다.

붓다의 메아리, 잊을 수 없는 환희를 전합니다

선생님께 올립니다.

복중 무더위가 심합니다. 건강하시고 편안하신지요? 찾아가 뵈어야 하는데 예의 아니게 글로 문안드립니다.

통도사 수련대회에서 일주일을 지내고 돌아왔습니다. 피곤함은 말할 수 없으나 영축산을 메아리치던 '붓다의 메아리', 잊을 수 없는 환희를 맛보았습니다.

마지막 날 연등행렬과 적멸보궁 탑돌이를 할 때 가슴 가득 감동이 전해져 눈물이 날 정도였습니다. 정말 부처님께서 하강하시어 우리와 함께하시는 법석法席이었습니다. 2천 7백 명이 한마음으로 정근하고, 운동장에서 오체투지하며 예불 드리던 일……. 모두 모두 감동으로 가슴 뿌듯이 남아 있답니다.

이러한 법석에 참가할 수 있도록 도와주신 선생님과 어른스님들께 감사드립니다. 안 좋았던 모든 것들은 잊고 가슴 가득 차오르던 감동을 살려 부처님과 좀 더 가까운 제자가 되도록 하겠습니다.

더위 중에 불사하고 계실 선생님의 건강이 걱정됩니다. 할 일이 너무 많으셔서 편찮으실까 걱정됩니다. 무리하지 마십시오. 남은 방학 기간 동안 어른스님들 잘 도와 드리고 열심히 살겠습니다. 개학 때 선생님의 건강하신 모습 뵙도록 하겠습니다. 두서없는 글 해량해 주십시오.

안녕히 계십시오.

1986년 8월 1일

명선 합장

고향 같은 스님이 그립습니다

　선생님께 올립니다.

　스님, 오늘이 조사어록에서 자주 나오는 납월 삼십일입니다. 어제와 오늘이 그러했듯이 내일 또한 그러하겠지만, 시간의 마디 속에 쫓기는 듯한 생각이 어지러이 일어납니다. 그 많은 날 중에 이날 스님께 편지를 하고 싶어지는데도 이유가 있겠지요. 세인들이 고향을 찾듯이.

　수없이 만나고 헤어지는 얼굴들 속에 잊어버리는 얼굴이 더 많겠지만, 자주 떠오르고 생각하게 되는 건 두고 온 고향을 그리며 향수에 젖는 길 떠난 나그네에게 더없이 포근하게 감싸줄 듯한 고향 같은 스님의 모습입니다. 언제까지고 선생님이라는 칭호로만 수없이 많은 스님들 속에 부르고 싶습니다.

　선생님, 요즘 건강은 어떠신지요? 불사며 내외의 사정들도 궁금합니다만, 일체 소식이 다 끊어진 곳에 있다 보니 제 자신의 신변마저 어찌 되는지 모르겠습니다. 재무스님과 교무스님, 좋으신 분들 다 안녕들 하신가요? 지금은 방학 중이라 조금 조용하겠습니다만 늘 바쁘신 생활이 날로날로 거듭되시니 연세에 비해 많이 들어 보이는 스님 모습만 눈에 가득합니다.

선생님, 저는 상상도 못했던 곳에 와 있게 되니 흔히 말하는 인연이라 말한다면 운명이라는 것에 끄달려 다니는 나약함밖에는 더 드러날 게 없겠습니다. 달리 인연이란 말을 떠나선 할 변명도 없습니다. 여러 가지 공부를 하고 싶던 것 또한 인연이 아닌지 접어두고, 요즘 사군자를 시작했습니다.

팔식八識 속에 그래도 삼보가 차지한 범위가 더 넓겠지만, 곰곰이 생각하니 내 온 식識 속에 검은 먹물만 찰 것이 아닌가 싶습니다. 중을 본 지가 두 달도 더 지나고 보니 중이 그리워집니다. 제 자신이 중노릇을 잘못한 탓에 하심을 못하고 은사스님 곁을 떠나고 보니 늘 죄인 같기만 하네요. 모든 스승과 제자가 나무 관계를 이루지 못하더라도 금金과 목木의 관계는 서로 피할 수 있으면 피하는 게 좋다고 여겨집니다. 선생님, 모든 게 약한 자의 변명 같은, 자기합리화 같은 군소리일 테지요.

새해에는 좀 더 건강하시고 뜻대로 모든 불사 성취하시길 멀리서 제자 빌겠습니다. 미리 스님 계신 곳을 향해 세배 올립니다.

1988년 2월 20일
전남 함평 용문사에서 성주 상배

설움이 밀려올 때면 스님을 떠올립니다

스님,

사원의 쇠북이 울리는 산창에 기대어 가파르게 떨어지는 전율로 무심히 살아온 산길을 그 길을 뒤돌아봅니다. 여기저기 낯설게 익혀온 길임에 슬픔의 강물이 근원도 없이 흐르고 있습니다.

연일 보도되는 '봉은사 사태'라는 활자화된 기사 앞에서 그저 빈 하늘만 응시합니다. 이런 날엔 드릴 마음이 있습니다. 오랫동안 빈 발돋움만으로 임의 변두리만 돌고 돌아 단단한 눈빛을 화들짝 깨고 다가서고 싶습니다.

언제나 흰 종이 위에 놓는 저의 눈길은 가슴에 풀어지지 않는 응어리입니다.

스님,
산창을 열면
산창을 열면

민들레 꽃씨 바람 타는 언덕으로

소낙비에 떠내려 갈 것 같은 슬픔이

오열을 터트리려 합니다.

　무명無名과 무소유無所有로 살아야 할 스님들의 모습이 유명과 소유의 나락에 있으면서도 길 잘못 든 수행자의 근원은 조금도 부끄러워하지 않으면서 때론 긍정도 부정도 아닌 자세로, 아님 자기만의 깨달음만이 출가 본연이라고 생각하기 때문일까요?

　스님, 님의 법의法衣에 어깨를 묻고 스란스란 끌리우는 옷자락에 서러운 다리를 감추고 싶습니다. 이 어린 마음 안으로 아릿아릿 실핏줄에 금가는 균열을 어이 하오리까. 저 층층하고 단단한 구석기 시대의 울음까지도 변신시키는 이 시대의 관세음보살님의 슬픈 눈빛을 우리는 얼마나 헤아림 했을까요.

　스님, 산창에 우뚝 서면 아직도 쏟아지는 듯한 빗줄기에 내 줍던 동그란 빗무늬 물무늬는 머언 우레로 떠나갑니다. 그것은 잡을 수가 없습니다. 어찌하여 빗줄기는 그리도 쉴 새 없이 여름을 타고 내려야 했을까요. 빗속엔 늘 낯선 말투가 섞여 있어서 나를 당황케 하고 토라진 아이의 몰골처럼 외따로 흘린 슬픔을 댕기 따며 생각했습니다. 민중불교를 운운하고 대승불교를 운운하는 자비의 사상은 어느 구석진 유물이 되었단 말입니까.

　출가 전 온 여름을, 산빛을 찾아 헤매고 보듬어야 했던 실상을 놓고 아무런 이론異論도 제기치 못하고 '그저 하늘의 일'이라고 돌리며 말들을 마쳤습니다. 그리하여 바다보다 두꺼운 침묵으로 있는 나무들, 아련히 하늘을 둘러 산을 세운 날들 속에서 이 더운 심장을 어이할까요. 살아가는 체온이라기엔 너무나 애달프고 시린 우리네 가슴입니다. 모래 속에 묻어둔 꽃씨가 소낙비에 떠내려 갈 것 같은 근심을 스님은 알 것입니다.

스님, 이 시대의 아픔이 비단 저 혼자만의 아픔이 아니기에 이제 초발심자의 수행인에게는 현실과 마주잡은 낡은 유물과의 악수를 아직도 끝낼 줄 모릅니다. 진정 우리는 '유명'과 '명예'로 얼마만큼의 물결무늬를 놓아야 하는 건가요?

이러한 설움의 빛깔들이 밀려올 때면 그래도 희망처럼 솟아오르는 스님을 떠올립니다. 어떠한 말로도 그릴 수 없는 스님의 영혼의 강기슭에 묵묵히 침묵보다 진하게 손 흔들고 계신 스님을 바라봅니다. 영혼의 몸살을 앓는 우리들에게 슬픔을 이겨낸 뒤 더욱 아름답고 지고한 순정으로 살아가게 하시는 이 시대의 스님의 삶의 지표 속에서 용기를 발견할 수 있기 때문입니다.

스님, 언제나 골똘히 떠날 채비를 차린 오늘도 어제의 악수는 끝나지 않고 내일의 정수박이에 올라 머언날의 가르마를 탑니다. 물 같은 그리움을, 슬픔의 노란 가루가 남 몰래 묻어 있음을, 차라리 날개를 접고 싶은 별리 앞에서 무언가 스님께 드리고 싶은 마음은 가득하기만 합니다.

영혼의 맑은 가락, 바람에 헝클어진 빛의 올을 정성껏 빗질하시는 스님의 살뜰한 안뜰을 연모해 휘달립니다. 늘 하루하루가 오롯하고 칼날 같은 수행자가 되겠습니다. 다시금 굳은 서원으로 한 그루의 늘 푸르고 싱싱한 나무이고자 합니다.

채 나무의 향기가 마르기도 전 강당에서의 입교식이 있었던 날도 스님께 감사의 글을 드리고 싶었습니다. 언제나 말 없는 가운데 보이시는 스님의 생활은 이 시대의 아픔만을 넋두리하는 제게는 활력소가 됩니다. 거기 오롯한 날들로서 어려운 가운데 계신 스님께 힘써 산방 뜨락에 피어난 물 젖은 봉선화를 바라보면서 설핏 해 저무는 산길에서 만난 지고한 순정임을 다시금 확인케 하는 길입니다.

바쁘시겠지만, 건강만은 꼭 지켜나가시길 바라면서 여름방학 때 제가 도울 수 있는 일이 있다면 최선을 다하겠습니다.

1988년 7월 17일

진명眞明 드립니다.

스님의 제자로서 부끄럽지 않게 살겠습니다

강사스님께 올립니다.

삼보님 전 귀의하옵고 삼가 글월을 올립니다.

기사년 새해가 열리려고 하는 최후의 몸부림에 태양이 하루 내내 구름 속에 감추어 모습을 보이지 않고 있습니다. 오늘 저녁 동학사 큰방이 얼마나 들썩일까요. 그래도 무진년 윷놀이는 하고 동학을 떠나겠다고 생각했는데 입승이 내려갔다는 소식을 접하고는 밤잠이 아니 오더이다.

허구헌날 '빨리 졸업해야지, 아휴 지겨워'라고 했는데 죽비를 내렸다는 소식에 왜 그리 섭섭하고 서운하던지요. 바라보면 아득하고 돌아보면 잡힐 것 같은 세월인데…. 빨리 떠나고 싶었던 동학을 나설 때는 그래도 도반들이 남아 있어서인지 잠시 어디 다녀올 것 같은 기분만 들 뿐 영 떠난다는 생각이 들지 않더군요.

이제 언제나 동학을 갈 수 있을까요. 먼 옛날이야기일 뿐이겠지요. 오랜 세월 동안 다듬고 가르치시느라 애쓰시고 노고로우셨습니다. 떠나는 제자는 가벼운 마음으로 떠날 수 있었지만 해마다 졸업이 다가오면 남 몰래 그리도 쓸쓸해 하신다는 강사스님의 그 아픈 마음을 어찌 저희들이 헤아릴 수 있겠습니까.

유독 말썽도 많았고 장애도 많았던 저를 끝까지 지켜주신 데 대해 재삼 감사를 올립니다. 스님께서 이끌어 주신 노고에 보답하기 위해서라도 열심히 僧으로서 무엇을 하든 부끄럽지 않게 살겠습니다.

저의 이곳 생활도 이제는 안정이 되었고 대중 여러 스님들과 잘 지내고 있습니다. 처음에는 앉고 설 자리도 몰라 우왕좌왕하며 지냈지만 이제는 제법 의젓해졌지요. 이제 곧 용맹정진이 시작됩니다. 잘해 낼 수 있을까 벌써부터 걱정입니다. 용맹정진이 끝나면 지금보다 자유로운 시간이 허락된다고 합니다. 용맹정진이 끝나면 강원도 방학에 들어가겠지요.

강사스님! 시간이 허락하시면 방학 때 한번 오세요. 언젠가 강사스님께서 수덕사도 못 가보셨노라 하셨지요. 이곳 불영사는 천 년을 지켜온 푸른 솔과 기암절벽을 흐르는 산수가 일품입니다. 도량으로서는 흠잡을 데가 없는 멋진 도량이지요. 원주도 지인스님이 소임을 맡고 있고, 동학 선배들이 여러 명 같이 철을 나고 있습니다. 시간이 허락되시면 한번 불영의 바람을 쐬러 오세요.

항상 후학들을 위하여 애쓰시는 강사스님, 날마다 자비와 건강

이 함께하시고, 기사년 새해에도 늘 건강하시고 무장애 하소서. 삼
직스님께서도 불사 중 무장애 하시고 대중 애호에 무장애 하시길
발원하면서 졸필을 줄입니다.

무진년(1988) 마지막 날 불영산방에서

제자 무진이 올립니다.

"어려운 강사의 길 함께 가자고 해서
미안하다"고 하시며…

학림장스님께,

스님, 봄이 오는 소리가 들립니다. 금방이라도 새싹이 솟아날 것 같은 봄기운이 생동하네요. 봄이 오는 소리를 듣고 계신 듯 상념에 젖은 스님의 모습이 눈에 선합니다.

약 35년 전 스승과 제자의 인연으로 스님과 만났습니다. 그러고 보니 너무나 가까워서 그리고 쑥스러워서 그동안 편지를 올린 적이 없었던 것 같아요. 이렇게 편지를 쓰려 하니, 왜 진작에 편지 한번 올리지 못했나, 죄송스러운 생각이 들었습니다. 또 한편 지금이라도 늦지 않았다는 생각에 마음을 내어봅니다.

스님! 스님께서는 동학사승가대학을 애호하는 마음이 너무나도 지중하셔서, 단 한 명의 학인이라도 낙오되지 않도록 사랑과 배려와 격려로 일관되게 지도해 오셨습니다. 제가 동학승가대학 학장

소임을 맡게 되었을 때, 스님께서 간곡하게 대중을 잘 보살피라고 당부하셨지요.

스님처럼 하겠다고 다짐하면서 시작한 학장 소임, 하루 이틀 시간이 지날수록 문득 떠오르던 말이 있습니다. "스님의 발뒤꿈치도 못 따라간다."는 것입니다. 경전 해석은 물론이요, 스님의 넓은 마음! 안목! 조용한 스님의 위의… .

언젠가 스님의 책상 위에서 시 한 편을 보게 되었는데, "이 모든 행복을 가슴 가득히 기쁨으로 받아들이며, 사랑 아님이 없음을 알았는데 내가 사랑할 날이 얼마나 남았을까!"를 읽는 순간 저는 가슴을 한 대 맞은 듯한 기분이었습니다. 지금도 그 멍 자국은 여전히 남아 있습니다.

동학사와 학인스님들을 위하여 더 나아가 중생들을 위하여 일평생을 보내신 스님께 진심으로 존경하는 마음을 담아 감사의 인사 올립니다. 그리고 "어려운 강사의 길 함께 가자고 해서 미안하다"고 하시며 저희 일곱 명에게 전강 내려 주신 것에 대하여 머리 숙여 감사드립니다.

스님! 오래 오래 법체 보전하셔서 아직도 갈 길이 먼 저희 후배 제자들을 잘 보살펴 주시길 가슴 깊이 두 손 모아 합장 올립니다. 스님, 강건하소서!

동학승가대학 학장 보련 올림

기도 끝나고 찾아뵙겠습니다

선생님!

그동안 안녕하셨는지요?

천일기도 한다고 찾아뵙지도 못하고 어느덧 새 천년을 맞아야겠습니다.

그래도 선생님 강의는 늘 녹음기를 통해서 자주 듣고 있습니다.

늘 건강하시구요. 선생님을 존경하는 제자들이 많이 있다는 것을 알아주세요. 히히.

정범이도 기도 끝나고 찾아뵙겠습니다.

법계에 가득하신 부처님께 두 손 모아 청하겠습니다. 우리 선생님 건강히 늘 새롭게 피어나시길….

기묘년(1999)을 보내며

정범 배상

선생님,

그동안 안녕하셨는지요?

올해 일기로 말한 것 같아 말 건 못하고

섣불리 새 친견을 찾아야 겠습니다

그래도 선생님 강의는 늘 목음기를

통해서 자주 듣고 있습니다

눈 건강하시구요 선생님을 존경하는

제자들이 많이 기다보겠을 받아주세요, 전에

영어머리론 기본공부고 잘아 뵙겠습니다

넘게에 가득 천긴 부처님께 두손모아

청하겠습니다 우리 선생님 건강히

늘 새롭게 피어나시걸 ----

기도 년을 놓며 매 정 법 화 上

잔잔한 미소, 그 잔잔한 침묵이 큰 힘이 되었습니다

맑은 물 풀어서 노오란 산동백 피워 올린 큰방에서 봄의 향내음 물씬 느끼게 하는 그리움이 살뜰한 마음밭 엮고자 합니다.

여기저기 피워내는 번뇌의 실타래는 비로소 발걸음 멈추고 하늘을 열어 가슴 속살에 스미어 젖어드는 정결한 마음 마련해 두고 그러나 늘 함박꽃 같은 웃음 웃는 꽃처럼 즐거울 수 없고 꽃이 지는 슬픔과 아픔의 자리에 열매가 열린다는 지극히 평범한 진리 앞에서도 늘 어쩔 수 없는 갈등의 모순은 끝을 모릅니다.

하늘 빛살 아래 그 옥빛 하늘 열리는 날에도, 일상적 반복 속에서도 늘 끝없는 갈원은 욕망이라고 돌리기에는 이 선택한 길에 무엇인가 허전을 않는 가슴은 끊임없는 모순에 모순을 낳는 것이 아닌가 생각됩니다.

다할 수 없는 수없는 그늘 속에서 다함없는 아픔만이 아니듯 그 진실의 그리움이 살아 있음을 알기에 다시금 순수로 접목되는 그리움에 기쁨이 피어납니다.

유난히 힘겨워하는 날들 속에서 묵묵한 침묵의 바다로 잉태하는 저 견고한 바위의 진실을, 영혼의 몸살을 앓는 우리들 강기슭에서 잔잔한 미소로서 때로는 침묵의 말씀으로 짓궂은 아픔에 헐떡거릴 때 그 잔잔한 침묵은 커다란 힘이 되었음에 오늘의 있는 자리에서 스님께 뜨거운 감사를 드리고 싶습니다.

지난 가을과 겨울의 흐름은 방황의 연속으로 도덕적 우울을 마셔버린 노상에서 강원을 떠나려고 굳게 결심하던 계획을 세우고 있었지만, 스님의 보이지 않는 힘은 제게 진실로 커다란 미쁨이 됩니다.

앞으로 강원을 졸업하는 날까지 최선을 다해 열심히 살아갈 것을 다짐합니다.

"스님, 늘 건강을 살펴 기쁨 있는 날들이소서."

1989년 3월 5일
진명眞明 드립니다.

저희들에게 최고의 선물입니다

선생님!

위로만 치솟았다고 느껴졌던 나무들이 서로의 질서를 간직한 채 삐져 나와 있습니다.

굉장히 춥던 날…

털목도리에 털모자가 시야를 가려 답답함을 느끼고 무심히 고개를 쳐들어 하늘을 바라다보았습니다.

아! 아름답다….

한 잎의 나머지도 남겨두지 않은 채 허공 속으로 마냥 뻗쳐나간 가지들! 그래요. 자연의 극치였어요.

선생님, 저는 거기서 자연 속에 부여된 우리들의 인연을 생각해 냈습니다. 추운 날은 불을 그리워하며 따스한 곳을 찾듯 부처님의 법연法緣을 의지해 승僧이 된 저희들은 부처님의 참 진리를 얻고자 이곳 동학에 모여든 것입니다.

부처님을 의지해 선생님의 가르침을 챙기면서 차츰 속俗을 여의

어 가는 저희들입니다. 마음이 몹시 답답하던 날 문강시간 선생님의 가르침을 받고는 '진정 나는 승僧의 모습이었나' 반성하면서 먹물옷의 의미를 다시금 생각했습니다.

47년 전 오늘이 밝아진 건 사바세계의 환희였을 것입니다.

부처님의 혜명을 이어 새로운 생명을 출발해 주신 분… 참으로 저희 동학인들에게는 복되고 감사한 날입니다.

언제나 자애로움으로 진정한 승려상을 제시해 주시는 선생님을 뵙노라면 저희 대중들은 선생님 곁으로 돌아가 의지하고 싶습니다. 그리고 대교를 마칠 때까지는 이곳 동학에서 선생님께 가장 사랑스런 제자가 되고픈 것이 저희들의 작은 소망입니다.

♪♪♪ 스승의 은혜는 하늘같아서 우러러 볼수록 높아만 가네 ♪♪♪

아무리 불러 봐도 다다를 수 없는 은혜인 줄 알고 있습니다. 부처님 법法 한마디라도 더 알려주시려고 고단함 속에서도 쉬지 아니하시는 은혜, 정말 감사합니다.

우리 학인들의 좀 더 여유로운 생활을 영위해 주시려는 지극한 사랑에 저희들은 욕심스러이 선생님의 자비만 받았지요.

하지만 오늘만큼은 불전佛前에 함께 기약된 선생님의 날입니다. 저희 대중은 선생님 전에 진실한 정성과 참 감사의 마음을 올립니다. 그리고 선생님께서 이 사바에 오신 것은 조심스럽게 생生을 엮어가는 저희들에겐 최고의 선물입니다.

언제나 부처님 가호 속에서 건강하시고 제자들을 위해 기뻐해
주십시오.

기사년(1989) 11월 10일
선생님의 제자가 올립니다.

그 무엇에도 집착 않는
수보리 존자를 닮고 싶습니다

스님 보소서.

눈 쌓인 산사의 겨울풍경 스케치, 언제 바라다보아도 그저 그대로인 모습으로 아낌없이 반겨주는 그네들의 의연하고 꾸밈없는 솔직 대담함에 저 또한 건강한 겨울나무로 서고 싶습니다.

스님, 그동안 평안하셨는지요?

항상 보이지 않는 스님의 따뜻한 손길로 이 현도 보시는 바와 같이 무식함이 철철 넘쳐흐를 정도로 점점 겨울중이 되어가고 있답니다.

요 앞전 소임은 원두여서 저의 이런 특성들을 살려서 참으로 보람된 삶의 한 페이지를 장식했었지요. 집안일 외에 시간이 한가한 때를 틈타서 땔감도 하고, 때로는 이 산 저 산 발길이 닿지 않는 곳을 헤집고 들어가 제풀엔 멋진 자리라고 하는 나만의 보금자리를 찾게 되었을 때의 기쁨… 산천이 떠내려가라 돼지 목 따는 소리로 염불도 하고, 이상한 악기 소리도 내어보고… 그러다가 마지막으로 찬불가를 부르면서 개선장군처럼 히히거리며 썩은 나뭇가지를 잡아끌고 내려옵니다.

♪♪♪~
한 생각 바로 돌려 얽힌 번뇌 끊고 보니
천상천하 넓은 우주 걸릴 것이 하나 없네
평등한 성품 속에 너와 내가 따로 없네
대 자재 유아독존 바로 이것인 것을
해탈의 참된 기쁨 사바세계 가득하리. ♪♪♪

요즘 저희들이 앉으나 서나 자주 부르는 '해탈의 기쁨'이라는 노래예요. 가사 한 마디 한 마디 읊조리노라면 사바세계 잡다한 번뇌로 가득 찬 저의 마음을 해탈의 기쁨으로 신선하게 가득 채워주지요. 때로는 힘든 일, 괴로운 일들도 이 노래 한 구절로 깨끗이 씻어준답니다.

현재 제 소임은 채공이어서 거의 하루 종일을 부엌에서 다람쥐 체바퀴 돌 듯 옴싹달싹 못하는 처지예요. 공양주보살님도 안 계시고, 음식 솜씨는 엉망이고, 그동안 건성으로 지나쳤던 지난 일들이 후회스러울 정도예요.

갓 시집 온 새색시가 된 기분으로 좀 힘들더라도 인내하고 귀머

거리 3년, 벙어리 3년, 장님 3년이라는 마음자세로 최선을 다하려 합니다.

어느덧 또 한 해가 밝아오고 앞으로 나아가야 할 저의 공부는 그저 두렵기만 합니다. 외형의 모습은 확연히 달라졌지만, 가만히 제 내면을 들여다보노라면 속가 때부터 늘 벗어버리고 싶었던 그러그러한 나쁜 속성들이 가면 속에서 꿈틀거리고 있는 모습을 보노라면 정말이지 머리를 처박고 울고 싶을 뿐입니다. 선에도 악에도 그 무엇에도 걸림 없고 집착 없는 수보리 존자를 닮고픈 저의 소구 소망은 한 발 디디기도 전에 무너져 내리는 것 같습니다.

스님, 올 한 해 옷가지며 기타 여러 생활용품들로 저희들을 보살펴주신 은혜 정말 정말 감사합니다. 그 많은 대중학인들을 가르치시고 이끌어 주시면서도 의연히 서 계시는 스님 얼굴.

스님, 저희들 또한 굳건하게, 의연히 설 수 있도록 천 가지 만 가지로 시시때때로 나투어 갈라지는 이 나쁜 병의 뿌리들, 매섭게 질책하여 주시고 이끌어 주셔서 홀로 서기에는 너무도 나약한 저희들의 반석이 되어주시고 등불이 되어주소서.

세모의 기로에 서서 이 현도 두 손 모아 합장하고 스님께 전하오니 날마다 좋은 날 되소서.

1989년 12월
현도 배상

추운 날씨에 감기 조심하세요

강주스님,

예년의 겨울날씨에 비해 유난히 춥게 느껴지는 건 저 혼자만의 생각이 아닌 듯 주위 모든 사람들이 나누는 인사말마다 "추운 날씨에 감기 조심하세요."라고 합니다. 뵙지 못하는 동안 안녕하신지요. 한 수 밀어내기(화장실 보는 일의 異名)는 요즘도 순조롭지 못하신지 매우 걱정입니다만, 동학인 모두가 걱정하고 있으니 곧 나아지실 거라는 확신을 아뢰고 싶습니다.(약간의 거짓말이 섞였습니다.)

불사하시느라 저희 돌보아 주시느라 항상 고생 많으신 재무스님, 교무스님께 감사드리며 별고 없으신지 따로 문안 여쭙지 못한 불찰을 용서 바라옵고 보리에게도 안녕을 전합니다.

이 춥고 바람 부는 겨울, 황량한 재수로를 걸어본 기억이 있으신지요? 그것은 가슴을 에는 아픔입니다.

이십대 초반 황금 같은 시간을 그럭저럭 보내다가 사는 게 무엇이냐? 고민하며 철학에 눈을 뜨기 시작해 노장老莊을 만나 무위자연無爲自然이니 견포소박見抱素樸이니 하여 허무에 빠진 적이 있습니다. 다행히도 친구를 통해 불교의 공空을 만났습니다. 처음에는 허무 해석이라는 착오도 있었습니다.

치문을 공부하다 보면 거의 모든 스님들이 동진 때 불법佛法을 만나 이십대에 힘을 얻었음을 감지하게 됩니다. 소용없는 후회지만 좀 더 일찍 연기緣起를 만났더라면 하는 아쉬움이 자주 슬픔으로 다가옵니다.

불법을 만나고 바로 화두話頭를 받아 챙기기 시작했는데 출가입지出家立志 역시 선을 하는 데 두었습니다. 그런데 수계를 받고 노스님 시봉을 하게 되었습니다. 그때 노스님께서 항상 제게 선교禪教를 둘로 나누려는 병통을 지적해 주시며, 강원에 갈 것을 권해 주셨습니다.

겨우 일 년 공부하고서 이렇다 할 말씀은 드릴 수 없지만, 노스님께 때때로 감사드리는 건 바르게 일러주시는 자비입니다.

저희 반 어떤 스님에게 "선지식에 대해 생각해 보았느냐?"는 질문을 받은 적이 있습니다. "글쎄…"라고 일축해 버리고 말았지만, 저희 노스님 같은 분이 아닐까 합니다. 모두가 그렇지만 제가 이 세상에서 가장 존경하는 분입니다.

그런데 글공부 한답시고 치문을 붙들고 보니 다시 하고 싶다는 마음이 생겼습니다. 벌써 오래 전부터 해 왔던 생각인데, 차마 말씀을 못 드리고 이렇게나마 저의 뜻을 헤아려 주셨으면 하오니 좋은 길을 일러주시리라 믿습니다.

은사스님께 말씀드렸더니 다행히도 "네 뜻이 그렇다면 소신껏 하라."는 예상 못한 격려를 받았습니다. 처음 시작할 때의 분심이 이어지지 않아 짜증도 났지만 오직 다시 할 수 있게 기회를 주십사 일념으로 칠일 관음기도를 입제하여 지금 정근 중입니다.

이번 방학 계획은 오직 책 읽는 데만 시간을 보내리라 했습니다만, 거창의 심원사에서 매년 정초기도 부전을 구하는데 저밖엔 갈 사람이 없는 것 같아 이런 연유로 기도를 하게 되었습니다.

혹시나 안 된다고 하시면 어쩌나 하는 걱정도 있지만 저의 뜻을 꼭 헤아려 주실 것이라 믿고 싶습니다. 무엇보다 책을 읽을 시간이 필요합니다. 잘 아시겠지만 제가 바라는 것 역시 그것입니다.

괜히 공부하시는데 뇌롭혀 드려 방해가 되지는 않으신지 하여 송구하오나 꼭 들어주시라고 억지를 부려봅니다.

저희들 방학하고 없는 동안 조용해서 좋으시지요? 화엄실 불사는 많이 진척되었는지요? 계룡산은 떠나려 하면 아쉬움을 갖게 하는 마력이 있어 반했습니다. 어서 빨리 개강하여 계룡으로, 동학으로 달음박질할 때까지 편안하시길 함께 기도합니다.

거창 심원사에서

경오년(1990) 1월 열흘에

경문 삼배 올립니다.

학인들보다 선생님의 건강을 살피시길…

부처님 전에 의지하오며

선생님! 그동안 안녕하셨습니까? 한 잔의 차를 달여 놓고 향을 맡고 빛깔을 보고 계룡산 동학의 설경을 그리며 선생님 전에 새해 인사 올립니다. 삼직스님들께서도 건강하시며 사내 두루 무장애 하겠지요?

세 번의 죽비소리가 그침과 동시에 산문을 벗어나는 저희들이었 지만 동학에 배인 풋풋한 정은 결코 잊지 않고 있음을 선생님께 올 립니다. 선생님! 겨울 날씨답게 강추위가 몰아치고 있습니다. 그러 고 나면 계룡산에 파룻파룻한 잎이 피어나겠지요. 무척이나 그리 워집니다. 아직도 길게 남은 것 같은 추위에 선생님 건강하시며 방 학 때만이라도 학인들보다 선생님 건강을 살피시는 시간 되시기 를 비옵니다. 선생님! 개학날 뵙겠습니다.

불기 2534년(1990) 1월 능엄반 원상 배상

동학의 명예를 걸고 열심히 살고 있습니다

강사스님께,

멀리서 엎드려 인사 올립니다.

내내 평안하시겠지요.

계룡의 가을이 그리워지는 간절함에 늦게 한가로이 필을 들었습니다. 곱게 물들어 내려오는 아침마다 다른 얼굴로 성숙해 가던 계룡산을 생각하면 정말 산에 사는 스님들이 부럽습니다. 선방스님들은 제일 복이 많다고 한 어느 노스님의 말씀도 지금에서야 이해가 되고 강원시절이 제일 좋다는 선배스님들의 얘기도 이젠 알 것 같습니다.

학교에 오니 정말 중노릇을 잘해야겠다는 생각은 더욱 굳어지는데 생각보다는 참으로 힘듭니다. 열심히 노력하고 최대한 진실되게 살면서 아울러 이웃에 대한 관심도 가지려고 합니다.

강사스님!

여러 가지로 마음 아프게 해드리고 또 곤란하게 해드렸던 지난

날 일들이 부끄럽고 송구스러워서라도 '동학'을 대표할 만큼 명예를 걸고 삽니다. 월 스님도 열심히 살아요.

학교에 와서 느낀 게 있다면 강원 교육은 절대적으로 필요하다는 것입니다. 특히 비구스님들은 의무적으로 강원교육을 받아야 한다고 생각합니다. 그래도 강사스님께서 보살펴주신 은혜로 학교도 잘 다니고 대중과 화합할 줄도 압니다. 정말이에요.

강사스님, 고맙습니다.

동학사에는 벌써 겨울이 왔겠지요?

학인들은 벌써부터 방학을 기다리고요?

산에 가고 싶어도 꾹꾹 참고 중간고사 준비에 마구니 같은 졸음을 쫓느라고 굉장한 싸움을 합니다.

강사스님, 풍요로운 가을 되시고, 코스모스가 있고 홍시가 널려 있는 시골 마을도 다녀오십시오. 가을 하늘도 한번 보시고요.

다음에 또 글월 올리겠습니다.

항상 건강하시고 또 좋은 날 거듭되시길 손 모아 발원합니다.

안녕히 계십시오.

1991년 9월 23일
원담 올림

국화꽃 같던 선생님의 미소가 그리워요

선생님 전에 올립니다.

선생님! 첫눈이 왔습니다.

저녁 일곱 시 포행을 돌려고 방문을 만개滿開했더니 노오란 가로
등 불빛 사이사이마다 흰 눈이 내리고 있었습니다. 십육 세 소녀와
같다고 첫눈을 표현하신 선생님의 시구가 떠올라 묘한 기분으로
포행을 마치고 좌복 위에 올라앉으니 나의 망상妄想의 시간은 또다
시 계속되었습니다.

작년, 선생님 생신날 저녁 성불회成佛會 모임이 있어서 좁은 난실
에서 회의를 하고 있을 때 케이크며 과일이며 차茶를 대접했더니
한참을 의아해 하다가 선생님 생신인 것을 알고 함박 같은 마음으
로 축하를 드렸습니다. 그때 선생님께서 그들에게 보낸 미소는 눈
속에 핀 흰 국화 한 송이였습니다. 제 마음도 따라 얼마나 기뻤는
지 모릅니다.

선생님! 과거는 흘러갔다고 누가 그랬을까요?

동학東鶴의 모든 것들은 지금도 내 앞에 펼쳐져 있건만 나의 맑은 웃음소리와 남몰래 흘린 눈물자욱이 묻어 있고 배어 있는 그곳… 눈을 감고도 만질 수 있고 갈 수 있는 골골마다 그립지 않는 곳이 없습니다. 그 기억은 화선지 위에 먹물로 그려놓은 담채화처럼 이 한 장에는 연보라 진달래가 터져 있고, 이 한 장에는 살얼음 속의 개울물이 돌돌거리며, 저 한 장에는 동학인의 얼굴들이 가을 낙엽에 새겨져 있습니다.

선생님! 청기와 아래서 펼쳐보았던 노오란 경전들, 신심과 발심을 더했던 그 도량에서 시자侍者를 살았던 때는 선생님을 가까이 접할 수 있는 좋은 때였고 입승立繩을 살았던 때는 대중을 알 수 있는 황금의 시절이었습니다. 선생님의 은혜, 너무나 감사합니다.

선생님! 벌써 작년이고 벌써 올햅니다. 첫 철, 둘째 철, 여구두연如救頭燃을 되새기건만 어렵고 또 어렵습니다.

선생님! 내내 건강하시고 오래도록 동학을 지켜주십시오. 선생님을 뵈올 좋은 날을 기다립니다.

불기 2535년(1991) 11월 7일
미타 선원에서 정진 중인
제자 효천曉昳 삼가 올립니다.

"안일의 늪에 빠지지 말라"는
스님의 말씀이 사무칩니다

　하늘빛을 흠뻑 받고 있는 저희 율의반은 터질 듯한 순수에 눈부셔 비어 있는 겨울의 이 계절, 공간 속에 밝은 등불이 되어 은은한 작설향처럼 살포시 다가오신 스님께 감히 붓을 들어봅니다.

　파르라니 깎은 머리에 일어나는 의식의 불꽃은 새로운 생활에 발을 들여놓고 감당하기 어려운 새 삶에 때론 번민하다가 스님께서 일러주신 "안일의 늪에 빠지지 말라. 고독도 슬픔도 모두 사치니라."는 말씀이 새록새록 가슴에 사무칩니다.

　스님의 행자시절을 저희에게 들려주셨을 때 뭉클한 마음 코끝을 찡하게 하였습니다. 저희가 그렇게까지 행하지 못함은 근기가 약함이겠지요.

　하지만 저희 율의반은 스님께 여법히 배운 율의를 매 순간순간 되뇌며 부끄럽지 않게 최선을 다하여 행하겠습니다.

　스님, 감사합니다.

늘 법체 청안하시길 부처님 전 맑은 향 사루며 합장 서원합니다. 더불어 스님의 가르치심에 감사드리는 마음으로 저희들의 정성이 깃든 노래를 바칩니다.

1992년 12월 25일

사미니 율의반 일동 합장

"썩어서도 필요로 하는 감자중이 되라"고 하셨지요

귀의 삼보하옵고

강주스님께 올립니다.

그동안 법체 청안하옵시며 사내 두루 무장애하신지요? 오늘 내
일 하다 보니 인사가 너무 늦은 듯하여 죄송한 마음 금할 길 없습
니다. 하지만 가르침 주신 고마운 은혜 항상 잊지 않고 기억하고
있습니다.

저는 지금 미라사에서 백일기도를 하면서 노스님 시봉을 겸하고
있습니다.

바쁘게 사는 것이 더 보람 있고 값지게 느껴집니다. 동학사에서
강주스님께 가르침 받은 그것으로 디딤돌을 쌓고 걸어간다고 생
각하면 정말 어느 것 하나 버릴 수 없는 소중한 기억들입니다. 그
중에서도 강주스님의 고구정녕하게 이르셨던 주옥같은 말씀들이
가슴에 생생하게 잊혀지지 않고 있습니다.

문득, 붓을 잡고 난을 그리면서, 분홍빛 장미꽃으로 꽃꽂이 하시

면서, 경전을 강의하시면서 이르셨던 말씀이 기억납니다.

"승僧은 경전을 주면 강의를 할 수 있어야 하고, 법상 앞에 서면 부처님 말씀을 전할 수 있어야 하며, 꽃을 주면 한 다발 꽃에서도 자연의 신비한 조화를 그대로 보며 꽂을 수 있어야 하고, 붓을 주면 또 그렇게 자신 있게 잡을 수 있어야 하며, 선방으로 좌선을 하러 가면 오롯한 마음으로 정진에 임할 수 있어야 한다."고 하셨습니다.

또한 어느 것 하나 공부 아닌 게 없고 모든 것이 다 공부라고 일러 주시면서 감자와 같이 썩어서도 필요로 하는 감자중이 되라고 하셨지요.

네! 알겠습니다. 강주스님의 가르침을 받은 제자로서 부끄럽지 않은 길을 걸어갈 것을 약속드립니다. 뵈올 때까지 법체 청안하옵소서.

1993년 새해 아침
미라사에서 원상 배상

어른의 그늘이 중요하다는 것을 새삼 느낍니다

선생님께,

깊은 밤 풀벌레소리에 잠시 마음을 쉬면서 선생님을 향합니다. 안녕하십니까. 제자로서 가장 먼저 서신 드려야 옳을 줄 알면서도 차일피일 미루다 보니 제가 이곳에 온 지도 벌써 2년이 흘렀습니다. 먼 곳에서 글로나마 삼배 드리겠습니다.

건강은 좀 어떠신지요? 언제나 어려움 속에 사시면서 저희들에게 희망과 웃음을 안겨 주셨지요. 선생님께 경經을 배우면서 정말 환희심 났던 대목들… 몇 번 들어도 더 듣고 싶었던 선생님의 말씀, 정말 좋았지요. 다시 부처님의 가르침을 배우기 위해서 여기에 온 것도 선생님 덕분입니다.

선생님, 저는 참 못됐어요. 피부를 맞대면서 한솥밥 먹으면서 같은 방에서 공부하며 4년 동안 살았던 도반들에게 편지 한 통 하지 못했습니다. 여기에 따르는 이유는 많지만 제가 못되고 게으른 탓입니다.

선생님, 이곳에서는 누구 하나 저에게 부처님 법을 설하고 또한 잘잘못의 길을 안내해 주는 사람은 없습니다. 단지 부처님 가르침대로 꿋꿋이 살아가는 길뿐입니다. 정말 어른의 그늘이 중요하다는 것을 새삼 느낍니다.

갑자기 선생님의 환한 모습이 환상처럼 떠오릅니다. 아름다운 동학의 밤, 살며시 도반들과 영화 구경 갔던 날, 먼 곳까지 점심을 위해서 갔던 날, 그리고 그 뒤에 감당키 어려웠던 것들, 인간이 추구하는 마음은 누구나 대동소이하기 때문에 예나 지금이나 같으리라 여깁니다. 거두고 다시 뿌려야 하는 동학의 터전은 새로운 얼굴들이 주인이 되었겠습니다.

선생님, 회색장삼에 가사를 입은 스님들이 보고 싶습니다. 또한 학인스님들이 그립습니다. 선생님, 첫째 몸 건강에 유의하시고요, 다음에 시간 있으면 다시 서신 올리겠습니다.

1994년 1월 29일
제자 성광 드립니다.

소리 없이 우리들의 가슴속에 들어오신 강주스님!

구름이 하늘을 덮고 산마루를 덮고 바다를 덮고도 모자라 여기 지상에서 가장 밝은 곳, 내 두근거리는 심장 바닥까지 덮습니다. 갈피 없는 목적 아래 휘영청 떠도는 조각배처럼 망망히 우리들의 가슴은 울부짖고 까만 밤에 비라도 추적이면 하염없는 물기가 홍건히 마른 베개를 적십니다.

지금쯤 남녘에서 시작한 붉은 진달래 알알이 골짜기 골짜기 오르고 노오란 개나리 골목골목 눈부신….

잠깐 오도마한 걸망 싸고 하얀 고무신에 바람 잡아 떠나고도 싶은 지금. 당신은 그렇게 소리 없이 우리들의 가슴속으로 들어오셨습니다.

해우교解憂橋 잔잔한 소리 말갛게 떠올려 당신의 순진한 미소 위에 띄우면 우리들의 흔들리는 삭발염의 지쳐가는 고뇌의 쓸쓸한 그림자가 당신의 시詩처럼 세상에서 가장 아름다운 금빛 비단옷을 입고 춤을 출 것 같습니다.

후두둑 지천으로 흐드러진 가을의 잔영들 속에서 우리는 처음으로 당신을 만났습니다. 지구 끝, 우주 끝까지라도 삼킬 듯한 저희들을 가만가만 비춰 주셨습니다.

서투른 발자국, 서둘렀던 손, 메말랐던 지성을 그렇게 다정히 잡아주시곤 뒤인사도 없이 아련히 떠나시더만 우리 오늘 또다시 문득 피천득의 뾰족 집 뾰족 창문이 나오는 '인연'처럼 예쁜 인연을 풀어 놓았습니다.

조금은 두둑한 배짱, 한 템포 넉넉한 가슴으로 우리는 또 당신께로 나아갑니다. 당신은 옛날보다 더 맑은 호수로 저희들을 비추어 주시고 금빛 비단 옷을 지어 입혀 주십니다.

이제는 왠지 동학사가 정이 들고 이제는 무사히 화엄까지 갈 것 같은 막연한 자리매김을 합니다. 수줍게 미소 짓는 당신의 포근한 가슴이 아무도 모르게 얼어붙은 우리들의 가슴에 훈훈한 불을 지핀 것 같아 당신의 새까만 손을 몰래 훔쳐보고 싶습니다.

"그리운 것은 말하지 않겠다"던 어느 작가의 책 제목처럼 이제 우리 또 아름답고 멋진 해후를 기약하며 부디 저희들의 커다란 산山으로 흔들리는 우리들의 심心에 묵묵히 천만 근의 무게로 내려앉아 계시길 발원합니다.

내일의 만남은 지금보다도 더 맑고 더 건강한, 그러면서도 더 가깝고 더 따뜻한 공간을 위해 저희들은 오늘 산에 나무를 하러 떠나고 싶습니다.

진정 당신의 무한한 법문, 한량없는 토닥임, 감사 또 감사드리며 삼월의 붉은 진달래 당신의 가슴에 뿌려드리며 한량없는 정진, 불꽃같은 노력을 약속드립니다.

강주스님!

진정 감사합니다.

고맙습니다.

스승님, 생신을 축하드립니다

스승님,

허공을 떠돌다 돌아온 바람이 방문 앞에서 서성이는 시각, 홀로 떠나는 나그네들이 청아한 모습으로 서는 고즈넉한 시절입니다. 오늘 햇살 화사한 날을 맞아 겸허한 마음으로 가슴 깊이에서 우러나는 존경과 신뢰와 사랑을 소담스럽게 엮어 스승님의 책상 위에 살포시 올려드리며 저희 제자들, 오늘 생신을 맞으신 스승님께 감사의 마음과 함께 축하의 마음을 올립니다.

"스승님, 생신을 축하드립니다."

광명하신 부처님을 모시고 자비·지혜 가득하신 스승님의 가르침을 배우며 진정 구도求道에의 정열을 잃지 않으려는 마음과 부처님과 조사스님들의 법음法音을 실천하고자 하는 마음을 간직하며 자신을 다지고자 하는 저희들.

오늘 햇빛 고운 날을 맞아 저희들을 위하여 몸과 마음을 아끼지 않으시며 베풀어 주시는 스승님의 은혜에 진정 감사드립니다.

부처님께서 룸비니 동산에서 태어나신 것처럼 남(生)으로 인하여 시작되어지는 우리의 삶… 하여 이제는 불연佛緣으로 불회상佛會上에서 만났습니다.

정녕 우리들의 할 일은 육바라밀을 행하는 일이겠지요. 야산野山에 내려앉는 새벽 무서리 같은 냉철함과 추운 겨울 따사로이 다가서는 햇빛 같은 자비와 어두운 밤길을 밝히는 등불 같은 지혜로 늘 마음 가난한 사람들의 가까이에서 법등法燈을 밝히는 수행자가 되겠습니다.

저희들로 인하여 스승님의 가슴에 쌓이는 고뇌를 저희들이 어찌 백분의 일이라도 헤아릴 수 있겠습니까. 하지만 오늘 하루만이라도 스승님께 기쁨을 드리고 싶습니다.

장삼 자락에 묻어둔 니르바나를 향한 발원과 시주단월의 은혜에 이 먹물 빛 옷의 무게를 더하여 열심히 정진하는 수행자가 되겠습니다. 이것만이 참으로 스님들께 귀의하는 일이며 참으로 부처님께 귀의하는 일이라고 생각합니다. 날마다 "베옷 한 벌 입고 떠나야 할 우리의 인생에 더 이상은 무거운 짐을 지우지 말라."고 하시던 스승님의 말씀을 항상 가슴에 지니고 삽니다.

스승님, 스승님이 계시기에 어설프지 않게 물들어가는 먹물 빛. 늘 법체 청정하시어 저희들의 등불이 되어 주시옵소서.

회색빛 짙어가는 겨울에 저희들 마음 합하여 두 손 모두옵니다.

화엄의 세계로 이끌어 주셔서 감사합니다

♪♪♪ 하얀 눈이 옵니다. 하늘에서 눈이 옵니다.

♪♪♪ 하늘나라 선녀님들이 송이송이 하얀 눈을 자꾸자꾸 뿌려줍니다.

졸업할 이맘때쯤으로 기억합니다.

치문반 겨울에 공양물을 실상료에 나르고 선방 길을 내려오는데, 같이 내려오던 화엄반 스님이 우리들에게,

"목련나무가 꽃을 피우거들랑 그 화려함을 보고, 보리수나무에 보리수가 열리거들랑 따서 염주도 만들고, 은행잎이 노랗게 물들고 겨울눈이 내리면 쌀개봉 부처님을 잊지 말고 꼭 보세요. 너무 고개 숙이지 말고, 가만가만 고개 들어 모든 것을 보고 듣고 느끼면서 살아요. 4년이 긴 것 같지만 그리 길지 않아요. 나는 화엄경반이 되어서야 그 모든 것을 보고 알았어요."

그 스님이 누구인지 법명이 어떻게 되는지도 사실은 모릅니다.

까맣기만 하고 어눌하기만 했던 우리들에게 나무를 보고 꽃을 느끼고 마음을 열어보이게 해 주었던 스님이 그때만큼 살고 나서야 생각이 납니다. 부처님의 깨달음과 조사스님들의 수행 이야기, 묵은 세월을 우리들의 살림살이로 만들어 주시던 스님들을 우리들은 기억하고 있습니다.

치문은 나만의 색을 조심스럽게 살짝살짝 보이던 생동하는 봄이었고,
사집은 조사스님들 못지않게 머리가 불타는 여름이었고,
사교는 잘 익어가는 벼와 같이 넉넉하고 풍성한 가을이었고,
대교의 화엄경은 얼어붙은 호수와 같이 내 속에 모든 것을 길러내는 완숙한 겨울이었습니다.

이런저런 우리들의 시간들 속에는 그대로의 모습을 간직하게 되었습니다. 그래서 이제는 시간 속에 두어도 좋을 이야기와 잊어버리고 지워버린 이야기와 세상을 다 주어도 갖지 못한 이야기가 다양한 색깔로 섞여 있습니다.
그리고 하얀 눈이 소리 없이 내리던 날, 실상료 큰방의 문수보살님과 학장스님, 주지스님, 그리고 우리 실상 천진 스님들, 따뜻한 차와 물에 불어 다시 쪄진 호빵을 앞에 두고 이야기꽃도 활짝 피웠습니다.

지금의 이 길에서 길지 않은 시간 동안 학장스님을 만났습니다. 서먹한 마음을 서로 어루만지며 화엄경의 세계를 저희들과 함께 걸어와 주셔서 정말 감사드립니다. 부처님을 만나고 스승을 만나고 도반을 만나는 우리들의 많은 이야기는 하얀 눈이 밤새 내리는 날이면 더욱 하얗게 피울 것입니다.

　이제 화엄경은 덮고 화엄경의 장엄세계를 우리들이 펼치려고 합니다. 하지 못한 이야기와 들려주지 못한 이야기는 후배들에게 물려주십시오. 언제까지나 부처님의 중생 구원의 서원과 학장스님의 간절한 발원이 이루어지기를 우리 실상 천진 스님들 두 손 모아 발원합니다.

밝은 햇살처럼 좋은 인연입니다

둥근 보름달을 보면 유달리 떠오르는 스님의 모습들⋯ 들국화 수줍은 듯 고개 내미는 것이 저의 생활을 관하게 합니다.

이른 아침, 안개로 문필봉과 부채바위를 가리울 때면 역시 아직 공부가 덜 되어서 눈앞에 조금 가리움으로 못 보니 밝은 햇빛의 인연으로 빛을 발하기를 발원할 뿐입니다.

이곳에서 채공 살 때면 그래도 정성 다해 대중스님들께 드리면 잘 먹는데⋯ 아직도 서툰지라 더 잘해 드리려니 저의 실수와 실수.

스님의 언제나 유柔하신 모습을 닮고자 노력하지만 좀처럼 양적인 성격 탓인지 말없이 미소만 짓는 스님들이 무척 부럽습니다.

그저 말없이 지켜봄이 모르는 게 아닌 그런 상태에서⋯.

언제나 법체 보존 잘하시어 느을 향기로움 베풀어 주시기를 간절히 바랍니다.

을해년(1995) 가을 고요한 새벽에
선열 두 손 모아 합장 계수 올립니다.

동트는 보름달을 보면 유달리 떠오르는 스님의 모습들...
울국화 수품으듯 고개내미듯 것이 저의 성찰을 관하게 합니다.
이른아침

안개로 문필봉과 누채바위를 가리울때면 역시
아직 공부가 덜 되어서 눈앞에 조금 가리움으로 못보니

밝은 햇빛의 인연으로 빛을 발하기를 발원할뿐입니다.
이곳에서 처풍살펴면 그래도 정성다해 대중스님들께

드리면 잘 먹는데...
아직도 서툴지라 더 잘해드리려니 저의 실수와 실수...

스님의 언제나 柔하신 모습을 닮고저 노력하지만
폭처럼 양적인 성격랏인지 말없이 미소만 짓는 스님

들이 한때는 무척부럽습니다.
그저 맞없이 지켜봄이 모르긴 아닌 그런 상태에서...

언제나 법체보존 잘 하시어 늘을 향기로운 베풀어
주시기를 간절히 바랍니다.

올해 가을 고요한 새벽에 선열두손모아 합장켓수올립니다

아난존자처럼 학장스님을 모시고 싶습니다

존경하는 학장스님 예하!

삼보에 귀의하옵니다. 그간 학장스님 법체 편안하십니까?

동학사가 참 그립습니다. 우리 반 스님들도 그립습니다. 또한 화경헌이 그립습니다.

그렇게도 가벼운 눈꽃이 100년의 세월을 무너뜨렸습니다. 한 발한 발 걸어야 하는데 질서가 무너져 네 발로 걷고 있습니다. 그래도 이젠 적응이 많이 되었습니다. 다시 한 번 건강을, 세상 질서의 중요성을 느껴봅니다.

초발심자경문을 통해 학장스님을 처음 뵈었습니다. 그 감동은 저의 가슴에 영원히 남아 지표가 되고 있습니다. '금강경 오가해' 강의를 듣고 또 들으면서 또 다른 감동으로 이어집니다.

* '지혜 있는 사람은 참 아름답다' 하셨습니다.

* '인간의 근본은 예다. 사람이 예를 알면 진퇴가 아름답다' 하셨습니다.
* '유마 거사가 벽에 입을 걸어두셨다'는 표현은 가슴이 찡했습니다.
* '소자비小慈悲는 대난大難이다. 자비와 지혜의 출입이 같아야 한다' 하셨습니다.
* '함이 없이 주고 줌이 없이 주고 있는 그대로를 봐라'는 이 말씀이 제 가슴 속 깊이 떠나질 않아요.

학장스님, 감사합니다.

부처님 법을 만나게 해 주신 은사스님과 부처님 법을 하나하나 알게 해 주신 학장스님께 늘 감사한 마음입니다.

학장스님은 얼마나 행복하세요! 공부도 잘하시고 이렇게 많은 학인스님들을 위해 강의도 잘하시니까요. 『아난존자의 일기』를 읽으면서 아난존자가 부처님 시봉을 어떻게 하셨는지를 보았습니다. 그러면서 저도 학장스님을 어떻게 시봉할 것인가를 다짐도 해보았지요. 솔직히 고백하면요. 제가 열심히 학장스님을 시봉하다 보면 배울 점도 많고 공부도 잘하신 훌륭한 스님이시니까 저도 공부를 잘 할 수 있지 않을까 생각도 해보았습니다. (이 생각이 잘못이었을까요?)

남들은 금강경 강의를 한 번 듣기도 어렵다고 하는데 저는 두 번을 듣고 있으니 이 얼마나 복인가 생각했습니다. (이 또한 제 복이 아닌 듯하옵니다.)

뭔가 공양을 올릴 때 '이 공양을 드시고 우리 스님 건강하셔서 눈 밝은 스승이 돼 주십시오. 학인스님들의 지혜의 길잡이가 돼 주십시오.' 하는 마음으로 공양을 올리고자 다짐하였건만 왜 모든 일이 익어갈 쯤에 이런 일이 있을까요? 이 무슨 공부일까요?

저의 부주의로 어른스님들께 염려를 끼쳐드려 죄송합니다. 정말 열심히 정성껏 시봉해 드리려고 마음먹었는데 죄송합니다. 제가 신심이 부족했나 봅니다. 대중을 힘들게 한 것 같아 참회기도를 하고 있습니다. 또한 빨리 나아서 회향할 수 있도록 노력하겠습니다.

학장스님!

그거 아세요.

학장스님의 웃으시는 모습이 너무 매력 있어, 백만 불이라는 거요. 또한 인자하시기도 하죠. (아마 많은 분들이 그렇게 생각하실 겁니다.)

속가의 어머니 보살님이 제가 학장스님의 금강경 강의 테이프를 듣는 걸 옆에서 들으시고는 학장스님 목소리가 참 편안하고 좋으시대요. 그러시면서 "이렇게 강의를 잘하시는 스님은 늘 건강하시고 오래오래 사셨으면 좋겠다"고 하셨지요. 그래서 제가 그랬죠. 우리 학장스님이시라고 자랑했어요. 날마다 이분께 강의를 듣고 있다고요.

노보살님 말씀이 "이렇게 훌륭한 분께 날마다 강의를 들으시니

스님들은 참 좋겠다"고 하셨습니다. 괜히 제가 으쓱으쓱 기분이 참 좋았습니다.

존경하는 학장스님!

짧은 시간이었지만 하나하나 부족한 저를 가르쳐 주신 많은 가르침에 감사드립니다. 압박붕대, 맨소래담, 파스 등등과 찰밥을 보면서 눈물이 찡했습니다. 맛도 있었고요. 이 감사함을 지면으로나마 삼배의 예를 올립니다. 항상 법체 편안하셔서 꼭 성불하십시오.

손 씻고 부처님 전에 향 사르옵니다.

기현 두 손 모읍니다.

태풍이 지나간 자리에 피어나는 꽃은
더욱 아름답다네요

강주스님께 올립니다.

  인생에서 가장 중요한 20대를 고스란히 바친 계룡산의 봉우리를 떠올릴 때마다 가슴 밑바닥에서 울렁거리던 설렘과 그리움이 매양 느껴집니다. 그 가장자리엔 항상 스님께서 상주하셨지요. 그동안 법체 청안하셨는지요.

  스님을 뵙고 돌아 나오는 길은 늘 한쪽 가슴이 아려 옴을 느껴야 했습니다. 제자로서 잘 모시지 못한 자책감과 아울러 동학이 안을 수밖에 없는 불안정한 기류들, 이 모든 것들과 아울러 동학인이기 때문에 느껴지는 계룡에 대한 애착들이 혼합되어 그런 생각이 드는 것이라 여겨집니다.

  스님! 4년 반을 스님 문하에서 배우고 익히고 떠나와서 신심을 새롭게 다독여야 했던 날들이 있었습니다. 무언가를 자꾸만 채워

가기에 정신없던 날들이 있었습니다. 그러다가 문득, 눈을 감고 코끼리를 만지고 있는 자신이 느껴졌습니다. 참으로 참담하고 캄캄해서 아무것도 느낄 수 없었습니다.

후회도 미련도 없이 제가 가진 모든 것들을 하나씩 버리기 시작했습니다. 이젠 버려야 채워진다는 것을 조금씩 느끼며, 또 다른 충족을 '버림'으로써 느끼고 있습니다.

스님! 힘드시더라도 이겨내시리라 저는 확신합니다. 태풍이 지나간 자리에 피어나는 꽃은 더욱 아름답다는 진리를 믿고 힘내세요. 제가 스님을 옆에서 잘 보필하고 도와드리고 싶지만 너무나 부족하고 부족해서 죄송스럽게도 스님께 힘이 되어드리지 못함이 못내 송구스럽습니다. 모쪼록 인재를 많이 등용하시고 소신껏 스님의 세계를 펼쳐 가시기 바랍니다.

스님! 죄송합니다. 늘 법체 청안하시고 청안하시길 바랍니다.

오대산 남대 지장암에서
중원 배상

연향차로 죄송한 마음을 대신합니다

귀의 삼보합니다.

강사스님이 떠나신 후 전주에 와서 덕진 공원에 연꽃이 서너 송이 피었다는 소식을 듣고 아쉬워했습니다. 정혜사는 연못에 백련이 높낮이의 화음으로 피고 지는 자태가 곱습니다.

향그러운 향기가 머물다 간 자리에 파란 연실이 동실동실, 크고 봉긋한 연봉우리가 한창입니다. 가 보지는 못했지만 덕진 공원에도 연꽃과 연잎이 무르익어 갈 시즌일 듯합니다.

강사스님, 그동안 건강하셨습니까? 강사스님 혹 전주에 오시면 저에게 연락주세요. 강사스님이 오시면 모실 요량으로 국악이 있는 산채 음식집을 알아두었습니다. 제가 7월 22일에서 25일까지 어린이 여름불교학교를 하는 기간이니 그때만 지나면 시간이 납니다.

강사스님, 백색 연꽃으로 연향차를 만들었는데 연향기가 날 듯

말 듯 미세하게 풍깁니다. 우전·작설로 했지만 백련향의 은은함 때문에 망설이다가, 강사스님은 누구보다도 자연의 향취를 많이 느끼시고 좋아하시니까 차를 조금 보내 드리며 죄송한 마음을 대신할까 합니다.

강사스님, 더운 여름에 부디 건강하시고 성불하시기를 두 손 모읍니다.

1995년 7월 16일

완산 정혜사에서

지심智芯 합장

양보하고 참으면서 소임을 수행하겠습니다

　실상료에서 내려다 본 문필봉의 아침이 상쾌합니다.

　계룡산의 숲은 익을 대로 무르익어 울창함을 드러내고 파릇하던 그 새순이 지금은 무성함을 이루어 그늘을 만들어 내고 있습니다. 방학 동안 찾아뵈어야지 하면서도 하는 일 없이 늘상 분주하기만 해 결국은 몇 철을 그냥 보내고 이렇게 인사드립니다.

　강원에서의 생활은 화엄반이 되어서도 늘상 쫓기고 쪼이고 빡빡합니다. 내 자유를 유보하는 대신 이곳은 책을 볼 수 있어 좋고 자유를 만끽하다 보면 피어보지도 못한 하루해를 보내고 나서야 아쉬움을 느끼지만, 이제는 조금은 여유를 가지고서 주위를 둘러 볼 수 있음이 다행이라면 다행입니다. 어쩌면 여태껏 그 정도의 마음도 누리지 못한다면 출가한 삶이 참으로 가슴 아프고 애달팠을지도 모릅니다.

　조금씩 배워간다는 게 참는 것이라는 생각이 듭니다. 비겁하다고 생각했던 그런 부분들마저 참아낼 수 있었던 탓에 아직 이곳에서의 4년을 지키고 있는지도 모르겠습니다. 온전히 참아내는 삶은 아니었겠지만, 침묵하는 것만으로도 모든 상황을 묵인할 수 있다는 것이 얻은 거라면 얻은 것이겠습니다. 살아가는 일이 무엇인가를 항상 배우고 얻어야 하는 것은 아니겠지만 최소한 살아가면서 그 정도의 마음도 품고 살지 않는다면 이 세상 특별히 살아갈 만한 명분도 없을 듯싶습니다.

저희 스님이 "어떻게 살아가는 일을 손익 계산하듯 따지고 사느냐?" 하시면서 저의 영악함을 염려하시지만, 젊다는 건 아직 무엇인가를 꿈꿀 수 있다는 가능성만으로도 반짝이는 삶이 되지 않을까요? 모든 걸 놓아버리기엔 그 많은 세월을 감당할 자신이 없으니 차라리 베이고 아플지라도 끝없이 싸우면서, 때로 잃어가면서 살아야 하는 것이 제가 감당해야 할 몫인 듯싶습니다. 지금껏 덜어내며 살아도 그다지 억울해 하지 말아야 되겠습니다.

반장 소임을 살며 내가 양보하고 참아냄으로써 우리 반 개인 개인이 넉넉하고 편안하다면 그것으로 만족하고 살렵니다. 한 번도 남을 위해 살지 않았으니 한 번쯤 남을 위해 사는 삶에 의미를 부여해야겠습니다. 이렇게 인사드리는 게으름을 용서하시고 항상 건강하시길 기도드립니다.

1998년
동학사 승가대학 대해 드립니다.

해외 포교, 쉽진 않지만 전법에 힘쓰겠습니다

스님께 올립니다.

부처님 생신날 다음날 새벽. 눈이 저절로 새벽 4시에 떠지네요.
스님께 전화를 드릴까 하다가 펜을 들었습니다.

초파일은 잘 지내시고 건강은 괜찮으신지요? 귀여운 사제 현명
이도 여전하겠죠? 떠나온 지 보름째 되는 날인데 어지간히 오래된
것처럼 여쭙고 있네요.

오자마자 분위기 파악, 초하루 준비, 흩어진 마음들을 모아 볼까
해서 칠일기도, 그리고 초파일…. 어디를 돌아볼 여유도 없이 시간
은 흐르고 밖에 나가 본 곳이라곤 이곳 회장보살의 안내로 홍콩 섬
이 보이는 밤의 바닷가, 아침마다 산책 겸 가벼운 운동하러 가는
홍콩 공원이 전부입니다.

얼떨결에 갑작스런 결정을 하고 별생각 없이 가벼운 마음으로
왔는데, 현지 사정은 생각 외로 복잡다단합니다. 중심을 잘 잡고

해 주어야 할 역할이 많은 듯싶어요. 홍콩이라는 좁은 바닥, 또 좁은 교민사회, 더 좁은 불교신자들 간에 이러저러한 갈등도 만만치 않아요. 환히 다 들여다볼 수 있을 것 같은 좁은 사회에서 다양한 삶을 꾸려 가는 사람들을 보면서 부처님의 설법이 8만 4천 가지로 벌어질 수밖에 없다는 생각도 했습니다.

사찰이 현 위치에 자리 잡은 지 15, 6년인가 지났다는데 더 이상 발전이 없다는 자성의 목소리 속에는 굳이 자세히 알고 싶지 않은 우여곡절이 많은 듯합니다. 부디 오래 머물러 달라는 당부의 말들 또한 그간의 여러 가지 일들을 조금은 짐작케 합니다.

며칠 동안 교민이 아닌 홍콩에서 몇 년 근무하다가 떠나는 주재원 처사들을 만났습니다. 그분들로부터 "해외에 나오면 편안히 쉬어 갈 수 있는 곳이 그립다며 그런 장소가 되어주기를 바란다"는 소리를 들으면서 단순할 것 같은 해외 포교가 결코 쉬운 것이 아니라는 생각이 듭니다.

절에 오는 것보다 골프 치러 가는 것을 더 좋아하는 처사들을 끌어들이기 위한 법회도 모색해야 하고, 생전 해 보지 않은 법문도 해야 하니 여러 모로 고민입니다. 책도 뒤적거리고 개인적으로 정진하는 자세도 놓지 않아야 하고, 국내에서보다 더 모범적인 스님의 모습도 잃지 말아야 한답니다. 어찌 생각하면 전보다 더 절제된 생활에 율사 아닌 율사가 되어 버린 이런 생활도 수행정진의 하나가 아닌가 생각해 봅니다.

이곳의 주요 멤버 보살들은 이구동성으로 제게 복이 많다고 합니다. 어제도 연등을 단 것을 정산하면서 작년처럼 일정액을 정한 것도 아니고 정성껏 하라고 했을 뿐인데 작년보다 25% 수입이 더 늘었고, 새로운 신도들이 늘었다고 하네요. 그래 봐야 제가 쓰는 잡비, 보시금을 1년 동안 대려면 택도 없는 액수인데 작년보다 늘었다는 것이(IMF인데도 불구하고) 6개월 동안 스님이 없었던 공백기를 보내면서 스님이라는 존재 자체가 필요했을 수도 있습니다. 아무래도 상대적인 만족감이 더 컸나 봅니다.

평소 늘 생각하기를, '전생에 어쩌면 그리도 복 짓는 일을 못했을까'라고 여겼습니다. 그래서 산철이면 스님 곁에 가 있는 것도 하나의 복 짓는 일이라 여기며 가곤 했었는데, 어쨌거나 이곳 홍콩에서 무슨 복인지 복을 받고 있습니다.

이곳의 습기 많은 날씨, 에어컨 없이는 살 수 없는, 정말 맞지 않는 환경인데도 달라졌습니다. 금화사에서는 아침이면 몸이 천근만근이어서 일어나기도 힘들었는데, 지금은 4시면 정확히 저절로 눈이 떠집니다. 몸도 가벼워졌어요. 전에 계셨던 스님들은 손수 공양을 해 드셨어야 했는데, 저는 세 끼 차려 주는 밥을 한 그릇씩 꼬박꼬박 먹고 있습니다. 또한 전처럼 등이 아픈 증세도 없어졌습니다. 몸이 아프면 큰일 난다고 걱정하는 몇몇 보살들이 약이야 열대과일이야 열심히 사다 주면서 먹으라고 권합니다. 이 모든 것이 제가 지어놓은 복이라기보다는 부처님 덕인 것 같습니다.

무엇보다 저를 편안하게 하는 것은 돈 문제에서 자유롭다는 것입니다. 돈 때문이었다면 한국에서의 부전살이가 훨씬 나은 정도의 보시금을 받긴 합니다. 하지만 어차피 인생의 한 지점에서 힘겨울 때 어떤 전환점이 될까 해서 택한 길이니 자신이 돈에 얽매이지 않아 편안하고, 일체의 절 살림살이가 적자가 나든 흑자가 나든 내 할 일만 열심히 해 주면 신경 쓰지 않아도 되니 그 해방감이 너무 좋고 성격에도 맞는다 싶습니다. 무엇인가 해야만 하는 일이 있고, 자유롭고 편안하다는 생각이 몸을 가볍게 하고 무기력함 속에 허우적거리던 것을 잊게 하는 지도 모르겠습니다.

앞으로 어학도 공부하고 절을 원만히 이끌어 가자면 할 일도 많지만, 또 여러 가지로 부족하지만 "나는 할 수 있다"는 자기 최면을 걸어보기도 합니다. 가끔 스님께서 "내가 십년만 젊다면…." 하시던 말씀도 기억하며 힘을 내 봅니다.

앞으로 얼마 동안을 머물게 될지 모르지만 인연 닿는 날까지는 잘 있어 주는 것이 도리일 듯싶어, 요즘의 바람은 이곳에서의 소임이 끝나는 날까지 그저 무장애하길, 머무는 날까지 삶에 지친, 마음 허전해 하는 사람들에게 편안한 곳, 편안함을 느끼는 스님으로서 있을 수 있기를 간절히 바랍니다. 무엇보다 건강을 유지하는 것도 수행의 큰 부분이라 여기고, 주어지는 대로 열심히 먹으면서 몸뚱이에 제법 신경도 씁니다.

스님 뵈러 가는 것은 칠월 보름 지나고 잡고 있는데, 이곳 부처님

개금불사 건으로 이곳으로 먼저 모실지 그것은 아직 정확하지가 않습니다. 공양을 할 때는 스님께서 담그시던 맛있는 김치 생각이 나곤 합니다. 이곳 교포가 절에 대 주는 김치와 한국 음식은 여러 가지 먹고 있지만, 우리 집의 스님 김치만 못합니다. 그래도 이만 한 공양도 무한히 감사해 하며 먹습니다. 초파일에는 가지가지 아 열대지방 과일을 올렸는데, 먹을 때마다 스님과 사제들 생각을 합니다. 할 수만 있다면 날려서라도 보내드리고 싶은….

두서없이 생각나는 대로 글씨도 엉망인 채 적은 글 줄이겠습니다. 교민지에 낼 글을 써달라고 해서 마음이 조금 급했습니다. 언제나 건강 잃지 마시고, 하시고자 하는 일 순리대로 잘 되어가기를 기도합니다.

유성터미널에서 손을 꼭 잡아주실 때 참으로 따뜻했습니다. 까딱하면 눈물을 보일 뻔했는데 잘 참았지요. 날마다 좋은 날 되세요. 안녕히 계십시오.

1999년 5월 26일

홍콩에서

현욱 배拜

홍콩에서 부처님 밥값 하기 위해 애쓰고 있어요

스님께 올립니다.

그간 법체 청안하신지요?
병원에 검진하신 결과는 어떠하신지요?
스님의 생명과도 같은 목소리가 빨리 매끈한 진동으로 전파를 탔으면 좋겠네요.
썰렁한 겨울의 금화사에 스님의 사랑스럽고 귀여운 상좌가 와 있어 조금은 따뜻할 것 같아 제 마음도 덩달아 따뜻합니다.

새벽 4시 반 기상. 1시간 30분 독경기도. 추리닝 갈아입고 모자 쓰고, 운동화 갖추어 신고 해변산책로를 한 바퀴 도는 조깅 및 산 책시간이 1시간, 조깅 도중에는 유난히 고기떼가 많이 모여 유영遊 泳하고 있는 곳에 멈추어서 한참을 내려다보며 생명 있는 것들의 아름다움에 감탄하고, 바다에 인접해서 또는 바다 위에 이렇듯 많은 건물과 인구들이 살면서 그 많은 오물들을 어떻게 처리하기에 이렇듯 맑은 바다를 유지하는가 하는 데에 생각이 미치면 영국 사람들이 해 놓고 간 일들 앞에서 저절로 감탄을 하곤 합니다.

돌아와 샤워하고 아침은 토스트에 차 한 잔. 이러저러하다 사시 마지. 이러저러한 오후 시간들… 뭐하고 있는지 매일 바쁜 시간의 연속입니다.

일주일에 두 번은 영국문화원에 다니면서 걸음마 영어부터 시작했습니다. 삼십여 년 전에 덮어 두었던 기억들을 살려내면서 우리나라의 영어교육이 얼마나 잘못 되었는지를 실감하고 있습니다. 이곳 홍콩 어린이 교육을 보면 한국의 교육은 저리 가라 할 정도입니다. 유치원생부터 아침 7시 30분이면 학교에 가야 되고, 많은 학교가 수업은 영어로 하니, 영어는 기본이요, 그 많은 한자도 다 외워야 합니다. 광동어, 북경어도 배워야 하고, 특기로 악기 하나는 해야 되고, 스포츠도 하나는 특기가 있어야 합니다….

나라 밖에 나와서 보고 있으니 많은 것을 객관적으로 들여다보게 되고, 여러 가지로 많은 생각을 하게 됩니다.

뒤늦게 처음부터 시작하는 어학공부가, 수행자가 과연 필요성이 있는가 하는 생각이 들 때면 언젠가 스님께서 하시던 말씀을 떠올리곤 합니다. "내가 십 년만 젊다면…" 하시던 말씀을 기억하면서 '그래, 내가 바로 스님께서 십 년만 젊다면 하시던 그 나이다' 하고 말이죠.

Thank you. I'm sorry. Execuse me가 습관처럼 나오는 것을 보면 어느 정도 다른 문화 속에 살고 있는 것 같습니다.

어떤 신도가 하는 말이 "This is Hong Kong."이라고 하더니만 요즈음은 그 말을 실감하면서 토요법회를 2회로 줄이고, 대신에 한 달에 한 번 어린이법회를 개설했답니다. 늘상 '나는 못하지만 어린이법회가 중요하다'고 생각해 왔는데, 현장에 있어 보니 틀리지 않은 생각이라서 또 한 가지 일을 벌였습니다. 30여 년 가까운 역사에도 불구하고 지리멸렬한 지경에 이른 홍법원 형편으로 어린이법회를 따로 볼 공간을 타령하다가는 어느 세월에 기다려 할 수 있으랴 싶어서 그냥 시작했습니다.

요사이는 이번 주에 있을 첫 어린이법회 준비로 바쁩니다. 법회 자료 구하고, 그리고, 쓰고, … 도와주기로 한 사람이 홍콩과기대에 있는 연구원과 사업하는 젊은 사람인데 두 사람 모두 청소년 시절에 불교활동을 했던 경험자들인 것을 보면서 어렸을 때에 불교를 접하는 것이 중요하다는 생각을 또 합니다.

엄마 따라 절에 오는 어린이들이 부러워하는 것이 교회에 가면 맥도널드 햄버거를 주는 것이라고 합니다. 그래서 절에서도 줄 테니 부러워하지 말라고 했지요. 성가시게 교회에 가자는 친구들에게 할 말을 못 찾는 어린이들에게 말할 수 있게 하기 위해서 시작한 동기입니다.

또 한 가지 벌일 일은 봉사단 창립입니다. 봉사단을 만들어서 사회복지시설에 자원봉사를 시키려고 합니다. 홍콩이라는 좁은 지역 안에서 삭막하게 살면서 쓸데없이 남의 이야기를 즐기는 사람들에게 조금이나마 남을 생각하는 마음의 여유를 갖게 해 줄 수 있을까 하는 자비심(?)에서라고 해야 할지….

지오 스님이 충고하시길, "법회 늘리지 말라"고 하셨는데, 가끔은 저 혼자서 웃기도 합니다. 사실은 누구를 위해서라는 말은 거짓이고 다 나를 위한 것이라는 생각도 합니다. 부처님 밥 먹고 살면서 밥값은 해야 하지 않는가, 도 닦는다고 틀고 앉아 있지 않는 대신 무언가 열심이어야 되지 않는가, 부처님 제자로서 스스로에게 조금은 덜 미안해지고 싶어서 등등.

모르겠어요. 제대로 잘 살고 있는 것인지 어떤지….

어제는 조계사 앞에서 장사하는 사람 따라서 차를 구입하는 곳에 가보았는데, 그저 입만 벌리다가 왔습니다. 그리고 어떻게 사는 것이 정말 부처님 제자로서 잘 사는 것일까? 하는 생각을 또 한 번 했습니다. 한국에 가면 몇 백 만원 할 차도 있고, 보통 스님들이 마시는 차도 몇 십 만원 하는 것이 대부분인데, 그런 비싼 차를 거의 다 스님들이 소비를 한다 하니….

"돈 많은 스님들이 돈 쓸 데가 어디 있겠느냐"는 말을 하는 사람에게 사정없이 비판을 가했더니 저보고 고지식하다고 하네요. 호화롭게 사는 중들의 말을 한두 번 들은 것도 아닌데 해외에서 들으니 더 마음이 씁쓸했습니다. 저 같은 말을 하는 중에게 그들은 그렇게 말한다고 합니다. "너나 잘 살아라."

양력 2월 29일은 신도들과 함께 시작한 백일 지장기도를 회향하는 날입니다. 스님을 모셔오겠다고 신도들에게 이야기했는데, 시간을 내 주실 수 있으신지, 방송스케줄은 어떠하신지요?

홍콩이라는 특수지역에서 종교는(불교도 마찬가지) 취미생활 정도 아니면 정 급해야 쫓아오는 사람들을 보고 있노라면 제가 애쓰는 것이 무의미하게 느껴질 때도 있어 씁쓸한 느낌이 들곤 하지만 시간이 지나면 또 무언가를 계획하는 자신을 바라보며 '하는 데까지 해 보다가 안 되면 놓아버리자. 놓는 것이 어려운 것은 아니니까' 생각합니다.

해가 바뀐다고 특별한 태양은 아니지만 판도라 상자 속의 마지막 남은 '희망'을 인간들은 늘 고대하곤 하지요. 승천하는 용처럼 우리 모두의 새해는 불행보다는 행복이 더 많은 날들이었으면 싶어요.

스님의 기氣가 올해는 양陽 기운이 가득한 건강하신 날들이었으면 좋겠습니다. 하시고자 하는 일들도 모두 원만히 성취되는 좋고 좋은 날들로만 엮어지기를 기원합니다. 몸이 힘드시고 감기 걸리실까 염려스럽기는 하지만 가능하면 많이 걸어보셨으면 합니다.

홍콩도 지금은 한겨울에 속해서 추운 편이라(저에게야 괜찮은 온도지만) 둘둘 싸매고 다닐 정도이지만 이른 새벽부터 노인들이 열심히 걷고 체조하며 건강 지키기에 열심입니다.

때때로 너무 습도가 높을 때 이외에는 열심히 조깅을 하는데 처지는 기분을 조금쯤 띄워주는 활력소 역할을 하는 듯합니다. 물론 건강에도 도움이 되고요.

아무튼 건강하시고 나날이 좋은 한 해 되세요. 쓸데없이 길어진 말 이만 줄입니다. 안녕히 계십시오.

불기 2544년(2000) 1월 27일

홍콩에서

현욱 삼배

友情은 山길과도 같아
자주 오가지 않으면
어느덧 草木이 우거져
그길은 없어지나니

우정友情은 산길과도 같아

자주 오가지 않으면

어느덧 초목草木이 우거져

그 길은 없어지나니.

비구니가 승복 입고
자전거 타는 모습 상상이 가세요?

스님,

출가를 하면, 승僧으로 살면 "왜 살아야 하는가?" 하는 어리석은 질문으로부터 자유로울 수 있으리라 생각했습니다. 한동안은 내가 언제 그러한 생각을 했던 적이 있었나 싶을 만큼 아무 생각 없이 참으로 행복하고 편안하게 살았습니다. 그런데 행복하고 편안한 것만이 능사는 아니라는 생각이 듭니다.

이제는 더 어렵고 복잡한 문제에 부딪쳤습니다.

'출가자로서 어떻게 살아야 하는가?'

'진정한 출가는 어떤 것인가?' 하는 생각이 이제야 솟구치고 있으니 가끔은 저는 세상을 거꾸로 사는 게 아닌가 하는 생각이 듭니다. 그런 문제는 이전에 모두 끝내고 왔어야 하는데, 그 무거운 무게의 짐을 이곳까지 떠메고 왔으니 왜 그렇게 사람이 어리석은지 모르겠습니다. 그릇은 작은데 너무 많은 걸 담으려 하고 있다는 생각이 듭니다.

공부를 하다가도 문득문득 왜 그렇게 허망한지 모르겠습니다. 내년 1월에 계획했던 시험은 내후년으로 미뤘습니다. 어학이라는 게 1, 2년 만에 이루어지는 것도 아닌데 욕심이 너무 지나쳤습니다. 말도 되지 않고 들리지도 않는 상태에서 답안만 외워 시험을 본다는 게 얼마나 우스웠는지 모릅니다. 어학부터 제대로 배운 후에 진짜 해야 할 공부가 무엇인지, 정말 제가 하고 싶은 공부를 제가 찾아야겠다는 생각이 듭니다.

제 자신에게도 이롭고 남에게도 이로울 수 있는 일이 무엇이 있을까 싶습니다. 나만을 위해 살아야 하는 것인지요? 아니면 나보다 남을 우선하는 삶을 살아야 하는지요.

출가를 하고서도 그래도 가장 중요한 것은 우선 '나' 자신이 아닐까라는 생각이 드니 어떤 모습이 옳은지 모르겠습니다. 수행자라는 자리가 꼭 남을 먼저 우선해야 하는 것인지요? 하지만 자신이 먼저 바르게 서지 않은 상태에서 남을 위한다는 것도 이치에 맞지 않은 것 같습니다. 물론 이치대로만 살 수 있는 것은 아니지만 그래도 살 수 있는 한 최대한 노력하며 살아야 할 것 같고요.

왜 이렇게 저는 곁가지 생각이 많은지 모르겠습니다.

공기 나쁜 중국에 와서 매일 목에 통증을 느끼며 살아가는 중입니다. 매일 먼지를 뒤집어쓰고. 옷에 온통 자전거 기름 묻혀 가며 자전거를 타고 다닙니다. 비구니가 승복 입고 자전거 타는 모습 상상이 가세요?

어쨌든 이곳까지 왔으니 맞출 수 있는 만큼은 맞추며 살아야 하겠기에 첨엔 망설여지기도 했지만 시간 절약하고, 편안하고, 자전거 탈 때 유쾌하기도 해서 타고 다닌답니다.

동봉한 염주는 진짜 상아 염주라 해서 샀는데 얼마나 좋은 건지는 모르겠습니다. 항상 건강하시고 찾아뵐 수 있기를 희망합니다.

2000년 11월 18일

대해 드립니다.

날마다 불교방송을 통해 스님을 만나고 있습니다

존경하는 스님! 고요한 새벽에 달빛이 무척 아름다움을 느낄 때마다 스님 생각이 납니다. 육신의 건강으로 고마움과 감사함으로 솟구칠 땐, 과연 깨달음을 얻을 때는 얼마나….

스님! 지금 스님께서 하신 '금강경 강의'를 테이프로 듣는 중입니다. 작년에 서울 어느 절에서 새벽 시간에 라디오에서 흘러나오는 능엄경 아니 초발심자경문이었나요? 불교방송을 통해 스님 음성을 듣는 순간 얼마나 반가웠는지 모릅니다. 언제 들어도 편안하게 해 주시는 감사함을 스님 아십니까?

얼마 전 법송 스님 찾아뵐 때 못 가는 심정 아시죠? 다음에 시간 내어 찾아뵐게요. 언제나 법체 평안하시고 저희에게 지혜와 용기를 주십시오. 스님, 그동안 사연은 뵙고 말씀드릴게요. 뵐 때까지 안녕히 계십시오.

불기 2545년(2001년) 1월 4일
홍천사 선열禪悅 구배

걸망을 지고 길을 떠나는 구도자의 외로움을 체험해 보겠습니다

선생님!

장마의 지루함이 한용운 스님의 시처럼 아름답기만 한 것은 아닙니다. 화창한 날을 애타게 기다리는 생활 속에서 미처 말려지지 못한 눅눅한 빨래를 정리하지요. 그러나 자연은 공평했어요. 태양을 감춘 대신 끊임없는 계곡의 노랫가락을 보냈거든요. 햇빛이 그립지만 어둠을 가르는 물소리를 잃고 싶지 않습니다.

선생님, 휴가를 주셔서 정말 깊이 감사드립니다. 혹시 대중들의 지나친 바람에서 나온 헛소문은 아닐까? 정확한 결과가 확인되어지기까지 저는 3박 4일의 휴가 결정설을 믿지 않았어요. 그러나 이렇듯 모든 것은 실행되어지고 저도 부지런히 휴가 준비를 했습니다. 필요한 몇 가지를 챙기면서 느낀 것은 생각 외로 준비해야 할 물건이 너무 많다는 것입니다. 단 3일인데. 수업시간에 선생님께서 말씀하신 무차대회를 생각하며 미련 없이 제거해 버리지만 다시 돌이켜 생각하니 절대 필요한 물건이라 하나둘 꾸린 것이 제법 걸망에 무게를 느끼게 했어요.

아직은 어둠이 짙어서 빛 없이는 천지를 구분할 수 없습니다. 어젯밤 길을 떠나는 설렘 속에서도 깊은 잠을 잤지만 새벽녘 도량석 소리에 좀 더 길지 못한 밤을 한스러워했지요. 그러나 오늘부터 휴가가 시작된다는 설렘이 눈이 뜨이면서 함께 요동치고 있습니다.

"내일은 기쁨, 내일은 환희."

희망을 갈망하는 시인의 시 구절이 생각납니다. 그 어디를 가든 지금의 동학사만큼 아름답고 동학사만큼 자유로운 도량이 없으리라는 것을 알면서도 언제부턴가 시작된 저의 방랑벽이 떠남에 대한 애착이 이렇게 깊은 뿌리를 내렸지요.

하지만 선생님, 집으로는 안 갈 거예요. 은사스님도 뵙고 싶지만 며칠 있으면 방학이고 또 이번 토요일에 동학사에 오신다고 했거든요. 아마 저희 스님이 휴가를 다른 곳에서 지낸 줄 아시면 많이 섭섭해 하실 겁니다. 하지만 예속되지 않은 제 자신의 세계도 때로는 만들고 싶습니다. 혼자 결정짓고 혼자 실천하며 결과에 대해 시간이 흐른 뒤 스스로 반성해 보는 그런 시간을 엮어내려는 것이지요. 어른들에 비춰진 어린아이가 스스로는 어엿한 지성인이고 어른이라는 자신을 갖게 하려는 거예요.

선생님! 이번 휴가, 결코 어른들이 걱정하시는 그런 시간을 만들지 않을 거예요. 시간의 의미를 생각하면서 걸망을 지고 길을 떠나는 구도자적 선각자의 외로움을 한번 체험해 보겠습니다. 저 흐르는 물소리를 등지고 따가운 여름 속으로 세인들의 고독 속에 한걸음 나아가 볼래요.

휴가 가는 날 새벽, 선생님께 이 글을 바칩니다.

기신론반 도일道一 삼배 올립니다.

선생님의 넓은 품안에서 많이 즐거웠습니다

선생님께,

길을 찾고 있습니다. 서역으로부터 피어올라 점점 아득해져만 가는 그 옛길을 찾고 있습니다. 4년을 눈뜸의 작업으로 시작하여 이제 무엇을 보려 하고 있습니다. 바로 우리가 걸어가야 할 부처의 길이었습니다. 잡힐 듯하다가도 금세 멀어져 가는 마치 꿈같은 길인가 봅니다.

선생님! 화엄채는 늘 공허합니다. 스무 명의 눈동자가 늘 예쁘게만 부딪히지 않기에 때론 분노의 먼지도 일고 때론 웃음꽃도 피지만 늘상 환상 같은 현실뿐입니다. 이토록 아픈 기간은 처음입니다. 이별의 유예기간이 너무나도 우리를 헤매게 합니다.

대방광불화엄의 세계에 빛나야 할 사문들이 감정의 대바구니에 얽혀 늘 조락해 가는 계절처럼 자폭되어 갑니다. 만산에 벙긋대는 봄의 노래가 우리를 마주하고 있어도 우리의 마음은 늘 지난 4년

간의 계절에 매여 스스로가 길들인 많은 것에 대한 애착으로부터 벗어나지 못하고 있습니다. 떠나야 하는 이 나날들이 어찌 아픔일 수만 있겠습니까. 하지만 그 별리의 시간 뒤에 다가올 불확실한 미래들이 늘 채찍을 들고 선 조련사같이 느껴져 현재에 안주하고 싶은 소망들로 부산해집니다.

충실하지 못해서이겠죠. 사문으로서 불제자로서 충실하지 못해서일 겁니다. 감정에 지지 않으려고 부단히도 노력했는데 가슴은 머리보다는 뜨거웠나 봅니다. 언제나 감정에 지고 마는 이성을 저 멀리 떼어놓고 오늘 하루만큼은 인간이길, 중생이길 원했습니다.

눈물은 참으로 우릴 막아주는 훌륭한 방패가 되었습니다. 주체할 수 없는 자기 반항으로부터 완벽하게 지켜주었으며 지구를 녹일 만큼 거대한 분노로부터 지켜냈습니다. 그 작은 물방울들이 실로 우리에겐 마음 편한 공간이 되었습니다.

선생님, 세상에서 가장 슬플 수도 있고 가장 아름다울 수도 있는 것은 무엇일까요. 옛사람들은 그것을 일러 별리別離라고 했던가요. 헤어진다는 슬픈 감정 뒤에 아쉬운 추억과 사랑을 길이 잊지 않을 수 있는, 그래서 그 슬픈 감정이 더욱 빛이 나는 아름다움일 수 있겠지요.

이 도량에서 많은 것을 배우고 익히고 참으로 오랫동안 숨 쉬고 느꼈는데, 우리가 살아온 중노릇 중 가장 오랜 세월을 보냈는데, 이제 헤어짐이란 커다란 떨림 앞에서 망연자실 넋을 잃었습니다.

심장의 고동도 제 역할을 잊어버리고 그저 시간에 의해 살아진다는 느낌이라면 믿으실는지요.

이틀 밤이 지나면 그 긴 바랑 끈을 조여 매어야 하는 아침 해가 떠오르겠죠. 많이 울고 웃었는데 선생님의 넓은 품안에서 많이 즐거웠는데 이젠 그 따스함도 두 번의 밤이 남았습니다.

선생님! 존경의 반은 사랑으로 바치고 싶습니다. 몇 줄의 글로는 표현이 불가능하겠지만 그저 표현할 수 있는 만큼의 사랑을 올립니다. 다른 회상에서도 동학인임을 잊지 않으며 가사 아래 인신人身을 잃지 않겠습니다. 내내 건강하시옵고 법체청안法體淸安하시옵소서.

대교 졸업반 배상

스승의 학문은 제자로서 그 꽃을
피운다고 하였는데…

저물도록 아름다운 것은 황혼이라 하였습니다. 사위어가는 저녁 노을을 바라보며 어느 사이 인생의 새로운 축을 설계하고 계실 스님을 생각합니다.

15년 전에 스님을 처음 뵈었을 때 스님께선 지혜의 칼날로 제자들을 이끌고 계셨습니다. 저희들도 그 칼날 아래에서 다듬어지며 대교를 마칠 즈음 철없던 사미니의 껍질을 벗게 되었습니다.

동학의 푸르른 숲을 빠져나와 각자의 수행 길에 서게 되었을 때, 흔들리지 않고 먹물 옷을 다듬을 수 있었던 힘은 스님께서 연마해주신 4년 반이라는 시간 덕분이었습니다.

선생님! 제자는 스승을 만나 성장하고, 스승은 제자를 만남으로써 결실을 맺는다고 합니다. 육조 대사가 신회를 만났고, 공자가 안회를 만났으며, 가까이로 전강 스님이 송담 스님을 만났고, 성철 스님이 원택 스님을 만난 것처럼 만남의 결실이 주는 의미는 제각각 다르겠지만, 이들의 만남은 분명 성장과 결실이라는 상호보완적인 미가 들어 있다고 생각합니다.

선생님께 이렇듯 장황한 요령을 겁 없이 흔든 것은 수없이 성장해 온 선생님의 많은 제자들 중에 선생님께 참된 결실을 안겨다드린 제자가 없음을 안타깝게 생각하는 마음이 들어서입니다.

스승의 학문은 제자로서 그 꽃을 피운다고 하였습니다. 연구과정 설립이 뒤늦은 감이 없지 않지만 미흡한 가운데서도 힘든 결단을 하신 것 같습니다. 동학사라는 구조 자체가 안정된 학문과 수행을 병행하기에는 너무나 부조리한 상황들이 많다는 것을 누구보다도 잘 알고 계신 선생님이시기에 뒤따르는 고충 또한 말할 수 없을 만큼 많을 것이라 생각됩니다.

스님께서 갖추신 실력과 열정은 제방의 여러 어른스님들을 능가하는 것이라고 제방학인들은 입을 모아 얘기합니다. 공부하려면 동학사엘 가야 한다는 것은 공공연한 사실로 인정되고 있습니다. 다만 아쉬운 것이 있다면, 한 강원의 안정을 위해선 강주스님의 실력만으로는 부족하다는 점입니다. 백년대계에 걸맞는 구도로 동학승가대학을 일구어 가시길 발원 드립니다.

위대한 지도자일수록 외롭다고 했습니다. 근욕성이 천차만별인 중생들이 선생님을 따르고 있습니다. 그들에게 평등심으로 대하기란 참으로 어려운 일입니다. 그렇지만, 선생님의 일관된 평등심만이 그들을 제도할 수 있다고 생각합니다.

그리고 제2의 신회를 건지셔서 학문과 수행의 전정이 화장장엄이 되실 수 있으시길 바랍니다.

선생님! 누구보다도 스님을 존경하기에 글로 다 표현하지 못하는 안타까움이 너무나 많습니다. 동학에서 스님의 수행을 끝까지 회향하시길 간절히 바라며, 졸업해 나간 수없이 많은 제자들과 늘 함께하는 강주스님이 되시길 바라는 마음 가득하며, 사람을 가릴 줄 아는 혜안이 연세와 상관없이 늘 함께하시길 바라는 마음 또한 간절합니다.

꽃잎을 모두고 함초롬이 떨어지는 꽃이 사람의 가슴에 오래 남듯이 늙어가는 모습이 아름다운 사람이 참으로 인생을 잘 설계한 사람이라 하였습니다. 늘 자비 가득한 스님의 미소 아래 한때 저를 꼼짝 못하게 만들었던 스님의 일관된 목소리, 그리고 인생의 고비를 넘기고도 식지 않은 스님의 순수한 서정성이 저를 이렇듯 스님께로 향하게 합니다.

늘 건강하시고 평안함 잃지 않으시는 이 시대의 진정한 어른으로 자리하시길 바랍니다. 지혜 위에 빛나는 복덕의 힘으로 스님의 황혼이 아름다울 수 있도록 작은 파문이 되어 드리겠습니다.

2002년 8월 24일
제자 중원 합장 배례

동학사의 봄빛깔이 아름다운 추억으로
새록새록 돋아납니다

귀의삼보합니다.

강사스님, 그동안 안녕하셨습니까?

완산의 진달래가 웃음을 띠면서 봄의 꽃소식이 줄을 잇네요. 튤립의 빨강, 노랑 원색의 화음이 빚어낸 아리따움, 새벽의 찬 기운과 함께 신선한 아침을 맞이합니다.

봄추위에 수줍어 고개 숙이던 수선화의 매무새, 화단 작은 바위 틈 사이에서 다소곳이 입 다문 며느리밥풀꽃이 지나가는 산바람에 꽃물결이 일렁입니다. 보랏빛 라일락의 그윽한 향기는 온 도량을 감싸고 철쭉의 화려한 연출로 꽃동산을 만들고 있네요. 벤치 위 등나무는 얽히고 설켜 지붕을 엮고 꽃 타래는 소녀의 맑은 웃음소리가 배어 나오는 듯합니다.

간간이 벤치에서 쉬어가는 나그네의 모습은 넉넉해 보여 좋습니다. 별모양같이 희고 작은 이름 모르는 풀꽃의 싱그러움에 걷던 걸음 멈추고 보니 제비꽃이 도란도란 피어 있습니다. 잘 가꾸고 다듬어진 꽃나무보다 돌봐주는 이 없는 빈터 모퉁이에서 불을 밝힌 풀꽃에게 눈길이 자꾸 갑니다.

여리고 강한 힘과 묵묵히 기다림을 알며 잡초로 뽑혀 햇빛에 말라 두엄의 거름으로 썩어도 땅속에 묻어둔 씨앗이 다시 태어나리라는 것을 압니다. 작은 풀꽃을 바라보며 자연이 주는 무한한 교훈을 또 다시 생각하고 배웁니다.

자연 속에서 살면서 자연을 바라보는 시선의 각도가 다를 때가 있습니다. 사람들이 하루하루를 살아가면서 날마다의 의미가 다르듯 말입니다. 봄은 왠지 달갑지 않고 그저 계절이 오기에 지냈었는데 올 봄은 경이로움의 물결을 띤 감탄사와 함께 고운 눈결로 좋아하는 계절에 아로새겼습니다.

강사스님, 건강은 어떠하십니까? 강사스님께 글을 드리니 관음봉과 쌀개봉, 부채바위, 문필봉이 한눈에 보이는 계룡산 동학사의 봄빛깔이 아름다운 추억의 장 속에서 새록새록 돋아납니다.

작년 가을 범어사에서 비구니 수계산림에 참석하였다가 강사스님께서 저를 보시고 저의 건강을 염려하여 주시면서 "강원에 있어도 몸이 약하고 집에 있어도 몸이 약한데 그냥 강원에서 졸업을 할 것인데 잘못했구나." 하시면서 못내 아쉬워하시던 강사스님의 모습을 잊을 수가 없습니다. 약한 몸으로 살아야 하는 인연의 굴레를 빨리 벗고 건강한 몸으로 부처님 경전을 다 배우며 열심히 정진할 수 있는 인연을 좋게 많이 지어놓아야 다음 생에 그렇게 되리라는 생각을 뼈저리게 느끼며, 인연경이라도 맺게 화엄경을 봤으면 하는 바람을 꿈꾸어 봅니다.

강사스님께서 "지필이는 지장기도를 많이 하면 건강해질 수 있다"고 하신 말씀을 인편으로 전해 들었습니다. 염려해 주셔서 고맙습니다. 강사스님 말씀대로 관음경을 읽고 관음주력을 해오던 것을 지장주력으로 바꾸었습니다. 지장경을 읽다가 바쁘다는 핑계로 게으름을 동반하기 일쑤인데 시행착오를 겪어도 거듭 시도할 것입니다. 노력을 하다 보면 모든 여건이 따라지겠지요.

강사스님, 은혜로운 사람들을 그리워하는 5월에 송홧가루가 바람 타고 꽃 잔치를 합니다.

스승의 날을 맞이하여 더욱 건강하시고 원하시는 바가 성취되시기를 두 손 모읍니다. 안녕히 계십시오.

윤삼월 스무이튿날에(5월 13일)
전주에서 지필이가 드립니다.

*추신: 대중들이 많으니 겉봉투에 저의 주소를 적지 않았으니 양해하시기 바랍니다. 저는 지금 전북 전주시 효자동 완산 정혜사에 거주하고 있습니다.

말은 통하지 않지만 생활에 불편은 없습니다

스님!

안녕하세요. 추운 겨울에 건강은 어떠하신지요. 저는 국내에서 동안거 결제를 못했어요. 모든 것을 정리하고 미얀마 양곤에서 1시간 떨어진 다땀마란디 분원 인다잉 선 센터에서 수행하고 있습니다. 항상 걱정해 주고 염려해 주셔서 감사합니다. 저는 마음 편히 잘 지내고 있습니다.

이곳 미얀마의 계절은 한국의 초가을을 연상케 합니다. 이 나라에서는 지금이 가장 살기 좋은 계절이라고 합니다. 나라는 가난하고 살기 힘들지만 부처님 법의 맥을 그대로 이어 실천하고 살아가고 있는 참모습을 볼 수 있는 곳입니다. 많은 스님들이 10세 이전에 출가하여 수행하고 있는 모습을 어디서나 많이 볼 수 있는 곳입니다. 모든 마음을 쉬고 맑고 평화로운 모습을 보면서 저도 또한 그와 같이 맑아지기를 기원하며 살아가고 있습니다.

스님, 뵙고 싶어요. 걱정하지 마세요. 언어는 통하지 않지만 생활에 불편은 없습니다. 선 센터는 시설도 프로그램도 수행하기 좋게 잘 되어 있습니다.

추운 날씨에 건강하시고 대중스님 장애 없이 간경하시길 부처님 전에 기원 드립니다.

스님, 시간이 있으시면 편지 하세요. 2003년 1월 초에 부처님 성지 참배하려 합니다. 2003년 2월 초에 한국에 갈 예정입니다. 연락 드리겠습니다.

스님, 안녕히 계십시오.

2002년 12월 5일
미얀마 시골 인다잉 선 센터에서
스님을 생각하면서 지현이가 드립니다.

가까이 다가가 언뜻 손 한번 잡아보지도

못하고 · 전화를 걸면 몇마

인사조차도 제대로 해보지 못하지만

항상 그리움으로 안타까운 사랑의 느낌으로

제 가슴속에 계십니다

강사 스님

항상 건강하시고

날마다

아름다운 날들 맞으십시오

2000년을 맞으며 양진암 선원에서

제자 효일 삼배 올립니다

항상 그리움으로 제 가슴속에 계신 강사스님께

가까이 다가가 언뜻 손 한번 잡아보지도 못하고.
전화를 걸면 몇 마디 인사조차도 제대로 해보지 못하지만
항상 그리움으로 안타까운 사랑의 느낌으로
제 가슴속에 계십니다.
강사스님
항상 건강하시고
날마다 아름다운 날들 맞으십시오.

2000년을 맞으며 양진암 선원에서
제자 효일 삼배 올립니다.

세월의 속도가 나이와 비례한다더니
정말 그렇군요

한 해가 또 저물어 갑니다. 올해도 스님의 노고에 깊이 감사드리며 이 글로 스님과 함께 새해를 맞이하려 합니다. 생소하던 불교용어도 이젠 서서히 익숙해져 가고 합장하는 두 손도 자연스럽게 모아집니다. 스님의 신색身色이 전보다 안 좋아 보이시는 것 같은 느낌이 들었습니다. 이젠 바쁘신 일정도 좀 줄이시고 건강에도 유념하셨으면 하는 마음입니다.

이번 과정을 배우면서 유일하게 마음에 남는 말이 있습니다. 이 일체제상 즉명제불離一切諸相 卽名諸佛입니다. 현상이나 본 것들이 우리의 마음속에 머무르면서 본래의 성품을 흐리게 하고, 상相에 끌려 일어나는 수많은 마음의 요소들을 안고 살아가는 사람들을 생각하면 살아온 연륜이 있어서인지 절실하게 마음에 와 닿습니다. 누구나가 일찍부터 깨달아야 할 마음의 핵심적인 부분인 것 같습니다.

정말 불교는 인간의 인격을 고상하게 성숙시켜 주는 좋은 가르침이라는 생각이 듭니다. 알고, 믿고, 행하기까지는 아직 먼 거리에 있습니다만, 알고 있는 것만큼이라도 행할 수 있어야겠지요.

금상첨화로 스님의 주관적인 설법이 첨가되면 강의가 더욱 재미있어지곤 합니다. 감사드립니다. 올해는 같이 다니던 착한 친구도 충북 영동에 별장을 지어서 가게 되고, 셋이 시작한 것이 이젠 저 혼자 남았습니다.

몸도 안 좋아 결석도 여러 번 하였습니다. 세월의 속도가 연령과 비례한다더니 정말 시속 $60km$로 달려가고 있는 것일까요? 50대를 넘어서면서부터 남들은 일생에 한 번도 있을까 말까한 대상포진을 올 가을 들어 세 번째 또 앓았습니다. 감기도 한 번 들면 약을 먹어도 좀처럼 낫지도 않고, 특이한 체질이라서 저항력이 약해 조심을 많이 해야 한다고 합니다.

오래는 살지 말아야겠지요. 그냥 무사히 동학사의 도량을 두 발로 걸어서 부처님 앞에 설 수 있는 은혜에 감사드리며 정진하려 합니다. 방학이 끝나고 다시 건강한 모습으로 뵈옵기를 기다리며 새해도 좋은 한해가 되시어 건강하시기를 기원합니다.

2004년 1월 7일
대구 여여선원如如禪院 혜운 합장

스님이 주신 행복한 순간들,
마음 모아 감사드립니다

화경헌 앞에 청매화가 그리울 것이며 스님의 넉넉한 미소가 떠오를 때면 동학이 곁에 있었음을 알게 되겠지요.

'아! 이런 것이구나!' 하면서 환희심 나는 소중한 시간이었습니다. 이것이 가장 행복한 공부라는 것을 새롭게 어렴풋이 눈을 뜨고 바라보는 날들이었습니다.

사랑은 둘이 하며 이별은 남은 자의 몫이라 하셨지만 떠나는 이에게도 사랑과 이별이 함께 머물러 있을 듯합니다. 이별의 아쉬움이 있기에 새로운 만남의 기쁨이 더욱 커지지 않겠습니까.

다시 뵙는 그날엔 아름답게 커 있을 나무처럼 저희도 그렇게 올곧은 수행자의 길에 당당히 한 몫 할 것입니다. 스님이 주신 행복한 순간들 다시 그 마음 가득 모아 감사드립니다. 건강하세요.

2005년 1월 25일 졸업을 하루 앞두고

도관 두 손 모읍니다.

제 인생의 가장 큰 행운은
학장스님의 제자라는 것입니다

한낮의 햇살이 그래도 얼음을 녹여주기는 합니다.

학장스님, 건강하신지요. 몇 번씩 마음을 먹었다 오늘에서야 펜을 들게 되었습니다. 졸업식 하는 날부터 너무나 많은 일들이 한꺼번에 닥치는 바람에 마음 추스릴 겨를도 없이 다시 새로운 시작을 하게 되었습니다.

학장스님, 스님께서 해 주시던 많은 말씀들이 얼마나 소중하게 느껴지는지, 새록새록 생각날 때마다 코끝이 시큰해집니다. 다 그런지, 저만 그런 것인지 잘은 모르겠지만 마음이 힘들 때마다 학장스님이 계시다는 게 얼마나 큰 버팀목이 되는지 모릅니다.

학장스님, 감사합니다. 제가 출가해서 "출가 수행자는 이렇게 살아가야 하는 거다."라는 이야기를 학장스님께 처음 들었을 때, 얼마나 가슴이 벅차오르는지. 아무도, 누구도 해 주지 않았던 이야기들. 지금은 마음이 편안합니다. 자신감도 많이 생겼고요. 어떻게 살아가야 할지, 어떻게 사는 것이 잘 살고 바르게 사는 것인지.

학장스님의 제자가 된 것이 저에게는 정말 가장 큰 행운이었습니다. 학장스님의 가르침이 다시 발심하고 원을 세우는 가장 큰 원동력이 되었습니다. 어떻게 은혜를 갚아야 할는지, 지금 현재로선 열심히 공부하고 열심히 사는 것이라고 생각합니다. 언젠가 꼭 학장스님께 도움을 드릴 수 있는 수행자가 되겠습니다.

학장스님, 정말 감사합니다. 힘들 때마다, 해 주셨던 말씀 생각하며 열심히 살겠습니다. 아직 개강은 안 했고요, 수강 신청서 작성해서 화요일까지 제출하고, 동아리 신청하고 중순쯤부터는 좀 바빠질 것 같습니다. 산스크리트어·팔리어는 필수고요, 일어·영어도 배웁니다. 공부할 수 있다는 것에 감사하며 지내고 있습니다. 아직 새로운 일은 없고요. 재미있는 일 생기면 이야기해 드리겠습니다. 동학사 학인들이 그래도 제일 여법하고, 위의에 어긋나지 않게 살고 있답니다.

학장스님, 봄 환절기 감기 조심하시고 건강하세요. 스님이 계시다는 게 얼마나 힘이 되는지 모른답니다. 세월일랑 문필봉 꼭대기에 묶어 놓고, 항상 그 모습 그대로 계셔주세요. 나중에 찾아뵈었을 때, 시간의 흔적이 보이면 가슴이 아플 것 같거든요. 건강하시고 좋은 날 되시기를 항상 기원하겠습니다.

2005년 3월 6일 경기도 김포시 비구니 수행관 화경당에서

제자 진엽 올림

공부 길을 열어주신 학장스님께

학장스님,

여름마다 힘들어하셨는데, 더 많이 덥다는 올여름 어떻게 지내시는지 많이 지치신 건 아닌지 걱정이 많이 됩니다. 저는 속초에 내려와 있습니다. 바닷가라 시원할 줄 알았는데 비도 많이 내리고, 축축한 날씨가 꽤 여러 날째입니다. 산불이 크게 나서, 올여름엔 많이 더울 거라고 합니다. 아직도 낙산사 쪽 소나무들, 나무들은 까만 옷을 입고 있습니다. 바다는 파랗고, 나무는 까맣고, 중·고생 수련회도 하고, 백중까지 기도하게 되었습니다.

구족계 수계 산림 회향하고 돌아가서 많은 생각들을 정리하고 다시 시작하게 되었습니다. 이제는 혼자 사는 생활에 익숙해져 가고 있습니다. 강원 생활을 그리워하며, 대중들의 시끌벅적함을 그리워하면서 말입니다. 물속의 물고기가 목말라 하는 것처럼, 그 속에 있을 땐 다들 잘 모르고 있을 때가 많답니다. 승가대 입학해서 힘든 일도 많았고, 마음 다치는 일도 많았는데, 그럴 때마다 마음

굳혀 흐트러지지 않게 잡아준 힘은 학장스님이셨습니다.

감사합니다. 스님. 저희들에게 항상 이런 말씀을 해 주셨지요.

"너희들은 그저 공부만 하라는데 그것도 하기 싫으냐?"

그저 공부만 할 수 있는 게 얼마나 큰 복인지, 아마 다들 지금은 가슴으로 느끼고 있을 거예요.

화경헌 앞 청개구리들은 올여름에도 변함없이 모여 앉아서 학장스님 밤잠 못 주무시게 하고 있겠지요? 연꽃들은 잘들 있는지, 채송화도 피어 있는지, 매화나무가 올해는 아프지 않은지 궁금하기도 하고 찾아뵙지 못해서 많이 죄송스럽습니다. 제가 금요일, 토요일 속초에 학생법회 가느라 저 때문에 약속이 여러 번 무산이 되었습니다.

죄송합니다, 학장스님. 바쁘게 지내는 게 몸은 조금 고달프지만 마음은 많이 편하고 좋습니다.

학장스님, 어느 자리에서나 동학인으로서 당당하게 살겠습니다. 찾아뵐 때는 씩씩하고 밝은 모습으로 인사드릴 수 있도록 최선을 다해서 열심히 살겠습니다. 스님, 항상 건강하시고 감기가 얼씬도 못하게, 모기가 딴 데로 가도록 조치를 취하겠습니다. 매일매일 웃으실 수 있고, 좋은 날 되시기를 두 손 모아 기원합니다.

2005년 7월 12일

원각사에서 진엽 올립니다.

환골탈태, 새롭게 태어나겠습니다

은사스님께!

이번 겨울 감기는 참 지독한 놈입니다. 행자들에 습의사스님, 심지어는 교수사스님들까지 다들 감기로 고생하고 계십니다. 결국엔 보건소에서 의사선생님까지 다녀가셨는데 치료받고 주사 맞은 인원만 무려 103명이랍니다.(저를 포함해서요)

저는 다행히 미리 감기를 앓고 간 터라 크게 아픈 데 없이 보름간 교육을 무사히 잘 받을 수 있었습니다. 다만 걱정되는 것이, 다른 사람들이 고생하는 걸 보고 있으면, 혹시 스님께서도 아직까지 제가 옮겨놓고 간 감기 때문에 많이 편찮으신가 싶어 그저 죄송스러울 뿐입니다.

스님, 올해부터는 부디 아프시지 말고 늘 즐거운 일만 가득하시기를, 그래서 늘 웃음소리가 끊이지 않는 행복한 집이 되기를 막내 현문이가 간절히 발원합니다. 저라도 말 잘 듣고 빠릿빠릿하게 움직이고 눈치껏 재롱도 부릴 줄 아는 환골탈태한 새 스님이 되어 돌아온다면 큰 골칫거리 하나는 확실하게 더는 셈일 텐데요. 말로는 알 것 같지만 사실 아직도 자신이 없습니다.

여러 사람들과 함께 지내면서 다른 행자들과 저 자신을 견주어 볼 때, '내가 집에서는 저런 식으로 행동하는구나, 저렇게 눈치 없이 굴다가는 벌점이나 꿀밤 하나는 더 벌겠구나' 하는 것들이 제 눈에 들어오고 있습니다.

그간 스님께도 형님들에게도 걱정 많이 끼쳐 드렸었지만, 여기 교육장에서의 저는 아직까지 조용히, 무사히, 그리고 눈치껏 잘 배워나가려 노력하고 있는 평범한 행자입니다.

오늘까지는 상강례와 백팔참회와 죽비 정근 집전을 하고 내일부터는 조석예불을 집전합니다. 사람이 적으니 소임은 빡빡하지만 대신에 얻어가는 건 많으리라 기대해 봅니다. 덕분에 군기도 가득, 사기도 충천합니다.

역시 가장 재미있는 건 강의시간입니다. 아침에는 잠이 덜 깨서 졸고, 점심에는 배불러서 졸고, 그렇게 비몽사몽으로 있다가도 교수사스님께서 이야기해 주시는 '중노릇 잘하는 법'류의 얘기에는 귀를 쫑긋 세우고 듣습니다. 그동안 아무리 발심, 발심하고 얘기를 하셔도 그저 막연할 뿐이었는데 이제 제가 왜 출가했는지, 어떤 스님이 되고 싶은지, 앞으로 어떻게 살아야 할지를 차츰차츰 깨달아가고 있습니다.

앞으로 남은 기간도 더욱 충실히 보내서 '현문이가 계를 받더니 확실히 달라졌구나.' 하고 모두에게 인정받을 수 있도록, 그래서 스님께 부끄럽지 않은 상좌가 될 수 있도록 최선을 다하겠습니다. 아마도 당분간은 감기 보균자로서 격리수용당해야 할 것 같지만. 어쨌든 열흘 후에는 드디어 집에 돌아갑니다. 다시 인사드릴 때까지 부디 몸 건강히 잘 지내십시오. 제가 돌아가면 꼭 기합이 잔뜩 들어간 맛있는 밥상을 차려드리겠습니다.

2008년 3월

행자 현문 구배

제일 먼저 스님께 공양 올립니다

스님!

법체 강령하신지요? 죄송합니다. 합장.

'산' 하나 넘으니 다른 '산'(불사) 있어, 그 핑계로 찾아뵙지 못하고 지냅니다.

추석 앞두고 배추 심으려고 땅콩 조금 심어놓은 걸 캤더니 먹을 만큼 거두어서, 제일 먼저 스님께 공양 올립니다. '맛' 보시라고요. 시골이라서 '참기름' 맛도 괜찮은 것 같아 변변치 않은 것이지만 보냅니다. 촌할매처럼요.

풍성하고 즐거운 추석 되십시오. 그리고 늘 감사합니다. 표현은 못했지만, 저의 '스승님'이시라는 인연에 언제나 뿌듯합니다.

스님! 멋진, 코스모스 같은 가을 만끽하시고요. 합장.

미타사 유학사에서

못난이 원담 삼배 올림

보이는 것이 다 법문이라는
스님의 말씀을 되새깁니다

선생님께 드립니다.

삼보에 귀의하옵니다.

선생님!

벌써 방학도 절반을 넘었습니다. 그동안 동학사에는 아무 별고 없으시겠지요. 선생님의 아픈 발은 완치가 되었는지요.

재무스님, 교무스님께서도 불사를 위해 여전히 애쓰고 계시겠지요. 저희들은 한 번씩 울력을 할 때면 늘 울력을 하시는 재무스님의 노고를 생각하며 훌륭하시다고 했었습니다. 가야산의 산색은 날로 푸르러만 갑니다.

작년에 파란 잎이 피었던 가지엔 다시 똑같이 그 모양 그 색깔의 잎을 피우고 있습니다. 눈에 보이는 모든 것이 무진 법문이라는 말씀을 되새기게 합니다. 오늘은 또 촉촉이 온 누리에 푸른 비까지

내립니다.

실제보다 더욱 연세가 들어 보이는 선생님의 모습에서 학구열의 교훈을 배웁니다. 삭발을 하면 본 나이보다 더 어려보인다고들 하는데…. 아마 선생님께서는 머리카락이 있다면 더욱 젊어 보이시 겠지요. 그래도 삭발하시고 강의하시는 우리 선생님의 모습이 더욱 보기 좋아요.

선생님, 내일은 불탄절입니다. 온 누리에 자비의 빛을 주시는 날에 우리 선생님과 재무스님과 교무스님께서도 부처님의 은혜로움이 언제나 가득하시어 마음속의 불사들이 다 잘 이루어지시고 건강하시고 아름다운 스승님의 모습으로 지난 철에 이어 또 다시 저희들을 이끌어주시기 바랍니다. 그래서 저희들이 날로 새롭게 피어날 수 있도록 말입니다.

기신론 배울 것이 걱정이 되어 방학 때 '꼭 대총상을 다시 외워 와야지' 했었는데 당최 책 펼 시간이 없습니다. 아무래도 공부는 강원에 있을 때가 제일인가 봅니다.

보따리에 책은 그대로 다시 강원에 짊어지고 가서 그때야 '열심히 해야지' 하며 다운 수좌를 달래줍니다.

네모등, 팔모등, 연등, 주름등, 수박등… 갖가지 등들이 눈에 보입니다.

절절이 도량 가득 등을 안고 있는 모습입니다. 불자들의 마음들이죠.

이번 불탄절에도 선생님께서는 얼마나 바쁘실까요? 온 대중스님들이 다 바쁘겠지요. 저도 바쁘답니다. 모처럼 저희 집에도 행자가 왔습니다.

선생님!

모쪼록 선생님의 정진력이 날로 쉼 없이 더하시어 바라보고 있는 미한 저희 후학들에게 표준이 되어주세요. 누가 뭐래도 저희는 우리 선생님을 그 어느 강원의 어른스님보다도 존경하며 사랑합니다. 선생님께서 그 어느 강원 학인보다도 우리를 가장 아끼고 사랑해 주시는 것같이 말입니다.

佛 보살님의 자비의 눈빛이 언제나 선생님을 비추고 계심을 믿습니다.

선생님 내내 평온하십시오.

나무 마하반야바라밀.

불탄절 이틀 전에 가야에서

제자 절하며 드림

그리운 어른을 가슴에 품고 있어서 힘이 납니다

스님!

귀하신 말씀을 들을 수 있어서 과분한 복이다 싶었는데, 이렇게 챙겨주시니 무슨 말씀을 어떻게 드려야 할지 모르겠습니다. 그저 고맙고 감사드린다는 말씀만 올립니다.

몸이 편치 않으시다는 소식 접하고도 멀다는 핑계로 바로 찾아뵙지도 못하고, 죄송하고 송구스럽습니다. 편치 않으신 법체로도 불편함은 아랑곳 않고 밀쳐두시고서 포교와 전법을 위한 소명에 진력하시는 모습을 뵈니 법을 위해서는 몸을 돌보지 않겠노라는 결연한 각오와 의지가 품어져 나오는 듯했습니다.

그렇지만 그런 만큼 더욱 더 강건하셔야 한다는 책임과 의무도 소홀히 하지 마시고, 어떤 것보다 먼저 우선적으로 건강 챙기시길 간곡하게 부탁드립니다. 지난번 뵈었을 때보다 야위신 모습이 하냥 안타깝습니다.

항상 고맙고 그리운 어른을 모시면서 가슴에 품고 살아갈 수 있어서 삶의 한 자락이 따뜻하고 힘이 납니다. 살아가는 일에서 보상이나 격려인 것만 같아 스님 뵙고 돌아와서는 든든하고 강해지는 것을 느낍니다.

고맙게 잘 입겠습니다. 나이 먹을수록 잘 챙겨 입어야 한다는 말씀도 항상 유념하겠습니다. 오십이 넘어서까지 신경 쓰이게 하는 부족한 제자를 이렇게 챙겨주시는 은혜를 어떻게 보답해야 할는지요. 잊지 않겠습니다.

스님, 또 찾아뵐 때까지 법체 건안하시고 항상 편안하시길 기도하겠습니다. 다음에 뵐 때는 넉넉한 시간과 여유로 모시게 되기를 기대하며, 기다리겠습니다.

한 글자, 한 글자 마치 스님의 존안을 마주하듯 반갑고 감사함으로 읽겠습니다. 고맙습니다, 스님. 신심 잃지 않겠습니다.

2009년 11월 6일

청량사에서

동화 구배九拜

건강도 좋지 않으신데 후학을 위해
講하신다는 소식을 듣고…

송무백열松茂栢悅
소나무가 무성하니 잣나무가 기뻐하도다.

선생님!
건강도 좋지 않으시다던데 또 후학을 위해 講하신다니 정말 감사합니다. 선생님이 다시 화경원에 계시다니 제자로서 너무 기쁩니다. 늘 마음은 있어도 왜 그리 선뜻 뵈러 가게 되지 않는지요. 새해 기도 마치고 동학사 우리 선생님 뵈러 꼭 가겠습니다.

임진년을 보내며 새해에도 선생님의 건강을 기원합니다.

2012년 월림선원에서
제자 다운 9배 드림

松茂栢悦
소나무가 무성하니
잣나무가 기뻐하도다

선생님!
건강도 좋지 않으시다
는데 또 후학위해

강하신다니 너무 감사합니다
선생님이 다시
화경원에 계시다니

제자로서 너무 기쁩니다
늘 마음은 있어도
왜 그리 선뜻 뵈러가게

되지 않는지요
새해기도 마치고
동학사 우리 선생님

뵈러 꼭 가겠습니다
엄진년을 보내며
새해에도 선생님의

건강을 기원합니다
제자 다윤 ⑨ 배드림

이젠 풀꽃 하나도 그냥 지나치지 않고
눈에 들어오네요

학장스님께!

처음 화경헌에 왔을 때는 메마른 가지였는데 그 마른 가지에 싹을 틔워 이젠 녹음이 짙어만 가네요.

한 철을 학장스님과 함께 지내게 되어서 제게는 영광이었어요. 따스한 손길로 난이며 연꽃을 보살피시는 모습을 보며 조금씩 조금씩 제 마음(가슴)에도 새순이 돋는 것 같았어요. 스님만큼은 못하더라도 적어도 무심하지는 않게 되었어요. 이제는 풀꽃 하나도 그냥 지나치지 않고 눈에 들어오기 시작했어요. 모두 학장스님 덕분이에요.

늘 부족하기만 하던 제게 이것저것들을 가르쳐 주시고 저의 실수에도 진심嗔心 한 번 안 내시고 지켜봐 주시고…. 소녀 같은 스님의 모습에서 많은 걸 배웠어요.

어른이 되는 게 쉬운 게 아니네요. 한 철 동안 제대로 시봉도 못했는데…. 아쉬움이 남네요. 스님과 함께 한 시간들을 좋은 추억으로 간직할게요.

스님, 죄송합니다. 많이 부족했습니다. 그리고 감사합니다. 언제나 스님 건강이 제일 걱정이 돼요. 스님! 건강하세요. 그리고 사랑합니다.

태헌 삼배

경經을 보시는 스님의 모습!! 정말 멋있어요!

학장스님 전상서

스님! 안녕히 잘 다녀오셨습니까?

저 명진이에요. 막상 소임 놓고 휴가 나가려니까 그냥 좀 서운하기도 하고, 스님께서 안 계시는 빈방을 보니 허전하고 해서요. 참 많이 부족하고 서툰 모습들도 스님께서 감싸주시고 덮어주신 덕분에 저희들 소임 잘 마무리할 수 있었습니다. 감사합니다.

어떤 실수도 눈감아 주시고 보듬어 주실 때마다 내심 죄송스럽고 감사하고 그랬어요. 실수투성이인 저희들 배려해 주시고 마음 써 주심에 많이 배우고 느꼈습니다. 어찌 보면 소임을 살았다기보다는 좋은 집에서 좋은 것들 보고, 좋은 말씀 들으며 몸도 마음도 더 풍부하게 채워서 가는 느낌이에요.

앞으로는 더 많은 것들에 감사하며 살 수 있을 것 같아요. 작은 풀꽃에서부터 저 푸르른 하늘까지 다 고마운 존재라는 거 참 많이 느낄 수 있는 시간들이었어요.

'나'라는 존재 정말 별 것도 아닌데… 그동안 너무 집착하고 살아온 건 아닌가 하고 반성도 되고요!

스님! 지금 들어오는 새 소임자 스님들을 보니 처음 들어올 때 너무도 어렵고 긴장됐던 기억이 새삼 나네요. 아마도 소임이란 시간이 없었다면 저도 학장스님을 꽤 어려워하는 학인으로 남았을 겁니다. 저에게 참으로 소중한 시간들이었어요.

스님! 그거 아세요!! 경經을 보시고 글을 보시는 스님의 모습!! 정말 멋있어요! 농담 아니고 진짜로요. 저희들이 참 많이 본받아야 되고 부끄러워해야 할 부분인 거 잘 압니다. 앞으로도 저희들이 스님을 뵈면서 반듯한 수행자의 기틀을 잡아갈 수 있도록 많은 가르침 주세요.

그리고 제일 걱정인 건 스님 건강이에요. 스님이 편찮으시면 너무 죄송스러워요. 무리하지 마시고 건강하세요. 그래서 저희들 곁에서 많은 가르침들 남겨 주세요. 오늘이 화경헌에서의 마지막 밤이네요. 항상 건강 유의하세요. 스님과 함께 했던 시간은 '행복'이었습니다. 감사합니다.

명진 삼배

화엄경게송집 출간기념회의 환희를
어찌 잊을 수 있겠어요

스님, 평안하신지요?

대전과 유성 일대에 지진이 있었다는 소식을 듣고 걱정이 앞섭니다. 마음으로나마 대비하시길 기원합니다. 지난번 동학사와 금화사를 찾았던 저희 반야사 불자들이 스님을 잊지 못하네요. 저는 한 번도 그렇게 생각해 본 적이 없는데, 우리 보살들이 스님의 모습과 법문 속에서 "스승과 제자는 저렇게 닮아가나 봅니다" 하는 말을 듣고 나니, 30년 전 스님에게 4년 동안 가르침을 받은 것이 참 오랜 세월 묵어가며 오롯이 제게 남아 있었다는 사실에 신기하기도 하고 부끄럽기도 합니다.

처음 중물들 때 받았던 가르침이라 중으로서의 정체성이 그때 만들어졌다는 생각이 들어요. 마음의 고향 같은 동학 강원 시절에 배운 가르침 잊지 않고, 새로운 변화를 두려워하지 않는 제자 되고자 정진하겠습니다.

스님, 저는 오랫동안 행복한 마음으로 방송 포교를 하다가 요즘 쉬고 있습니다. 쉬는 동안 이런 생각을 했어요. 부처님 법을 만나 수행하는 삶이 행복하고 즐거운 사람이 그 마음자리를 사람들에게 전해줄 때 더 명료하고 확실한 길을 보여줄 수 있다는 당연한 사실이 새삼스럽게 다가왔어요. 안목을 높이는 일, 중생의 안목이 아닌 부처님의 안목을 통해서 세상을 봐야 하는데 제 잣대의 안목을 들이대며 옳고 그름을 보려고만 했었으니까요.

이렇게 마음자리에서 일어나는 일들을 생각하면 이럴 때 스님께 대총상 법문의 가르침을 한줄기 소나기처럼 듣고 싶어요. 매일 아침 강원에서 대총상 법문을 읽었던 때를 생각하며 요즘 아침마다 소리 높여 읽는 걸로 아쉬움을 달랩니다.

전 지난 가을, 스님의 『화엄경 게송집』 출간 기념회를 준비하면서 정말 즐거웠습니다. 정월 세배 드리러 갔다 받아온 게송집을 민족사에서 멋지게 출간하게 되어 그 일로 동학사 승가대학장 보련 스님, 학림원 명선 스님이랑 자주 만나서 머리를 맞대고 고심하여 이뤄낸 출간 기념회는 두 후배스님과 제가 스님께 올리는 정성스러운 공양이었습니다. 스님께서 흔쾌히 허락하시어 가능한 일이었고 그동안 후학들에게 법공양을 펴신 공덕으로 대중들도 참 많이 와 주셨지요. 저는 그날 알았어요. 장엄 가운데 최고는 대중 운집의 장엄이라는 것을요. 스님께서 체루비읍하시던 모습도 잊지 못할 것 같아요.

나중에 사진을 정리하면서 대중들의 얼굴에서도 스님과 공감하시던 분들이 많으셨다는 것도 알았습니다. 스님 덕분에 이 일로 많이 성숙해졌습니다. 사람을 바라보는 시각도, 인연의 소중함도, 모두 감사할 줄 알게 되었습니다.

　오늘 아침 읽은 스님의 『화엄경 게송집』의 게송 하나가 마음에 가득 담깁니다.

　　"법의 자성이 허공과 같아서
　　일체가 적멸하여 다 평등함을 요달하며
　　법문이 무수하여 설할 수 없음을
　　중생을 위하여 설하되 집착하는 바가 없음이라."

　스님, 늘 건강하시어 저희를 위해 언제나 설법하여 주소서. 반야사 관음심이 스님을 잊지 못해 온갖 정성을 다해 만든 수제 편강을 들고 며칠 내로 찾아뵙겠습니다. 평안하소서!

2016년 12월
차가운 겨울바람이 부는 날 스님이 생각나 편지 띄웁니다.
원욱 합장

존재만으로도 힘이 되어 주시는 스님께

존귀하신 학림장스님께

'학림장스님께서는 존재만으로도 힘이 되어 주시는 분'이라는 얘길, 살면 살수록 절실하게 깨닫습니다. 스님께서 잘 챙겨주신 덕분에 인도 졸업여행도 잘 다녀왔습니다. 여행비를 다 모으지 못해서 걱정했었는데 사중에서 보내주실 수 있도록 힘써 주셔서 감사했습니다.

감사의 마음 담아서 히말라야 수행자들이 먹는다는 건강에 좋은 '바위소금'을 선물해 드리려고 인도에서 준비해 왔습니다. 맘에 드셨으면 좋겠습니다.

그리고 사인까지 직접 해서 주신 제 이름자 적힌 『화엄경게송집』을 받고 감동해서 눈물이 났습니다. 멋진 책에 감동했고, '진홍'이라고 직접 써주신 정성에 감동했습니다.

학장스님, 최고!

늘 스님께 배우고, 닮아가려고 노력하는 '아가중' 진홍이 존경과
감사의 마음 담아 정성으로 선물 올립니다.

2016년 12월 8일

진홍 구배

4장

흔들릴 때마다
힘이 되어 주시는 스님

:: 세상 사람들이 일초 스님께 보낸 편지

아름다움이란 어이 이리도 가슴을
목매이게 하는 것입니까?

항아교를 지나서
그 환상적인 극락세계를
보셨는지요.
황량한 딸기나무에 눈물방울이
쌓여 부드러움이 감도는 가지를
넋 없이 바라다보았습니다.

선생님
아름다움이란 어이 이리도 가슴을
목매이게 하는 것입니까?
그냥 하나가 되고 싶습니다.
살아서도 하나고 죽어서도 하나고
어쩌면 하나조차 번잡스런 표현일지 모르겠습니다.

하아고를 지니서

그 반상전인 구고구세계를

보내는지요

황량한 덩기나무에 눈물방울이

쌓여 부르틈음이 갈토는

너희매가 나오리 못았습니다 거리굽

선생님

아픔안승이란 어이 이별도 가슴으

루에이게한 것이아니까

그냥 하나가 되고 싶습니다

살아서수 하나로

어제빛 하나와서 변합슫 포옹일지 모드겠습니다

대 사느냐 긴싱아며 하나로 답하고 싶습니다

선생님

그 홍은 무엇이옵나까

하아교에서 뵈운 나오디점

왜 사느냐 하신다면 하나를 답하고 싶습니다.

선생님
그 ㅎㄴ는 무엇이옵니까?

항아교에서 뵈온 나그네 드림

나목裸木처럼 모든 속박을 훨훨 털어버리고
어디론가 떠나고 싶습니다

일초一超 큰스님

자정子正이 지나 만물이 고이 잠든 밤입니다.

온갖 사념思念에 사로잡혀 잠을 못 이루고 누워 있다가 문득 산山길에 호젓이 피어 있는 들국화 같은 일초 스님의 모습이 떠오르기에 펜을 집었습니다.

미美로 40년을 넘게 살아왔건만 무엇을 했는지 허망하기 짝이 없어 이렇게 불면不眠의 밤을 가끔 보내고 있습니다.

전후좌우를 살펴보아도 이런 내 마음을 허심탄회하게 나눌 상대도 없고, 또 언제고 가서 푹 쉬고 싶은 그런 곳조차도 아직 장만 못한, 그래서 고독孤獨이 뼛속까지 파고드는 아픔을 느끼곤 합니다.

일초 큰스님!

요즘 근황近況이 어떠신지요?

무슨 소임을 갖게 되면 말이 많은 법인데 워낙 고덕高德하신 분이라 그런지 불사佛事를 많이 하셨더군요.

친견 한번 하고 싶어도 조금은 제 주제를 알기에 감히 엄두도 못내고 멀리서나마 스님의 안부를 듣곤 합니다. 이것만은 저의 복福이지요.

요사이 저는 계절 탓인지 나목裸木처럼, 이 누리의 모든 속박을 훨훨 털어버리고 어디로 떠나고 싶습니다.

가서 잊힌 나를 찾고 싶습니다. 자업자득自業自得인데 그렇게 쉽게 되겠느냐고요?

그래서 말 못하는 가슴이 더 아픈가 봅니다.

꼭지 덜 떨어진 소리 작작하고 지금이라도 불같이 살든지, 아니면 얼음같이 살든지 하려고요.

정말로 이렇게 살아선 안 되겠지요….

1987년

최웅호 합장

재소자들에게 심신일여의 굳건한
힘이 되어 주셨으면 합니다

동학사 주지스님께 드립니다.

안녕하십니까?

어제 보내주신 불교사상(10권) 책을 받고 감사 인사 올립니다. 오랫동안 소식 없음에 저희 교무과장님 이하 전 직원들이 궁금해 하던 중 보내주신 책을 전 불자들뿐 아니라 재소자 모두에게 포교활동 및 마음의 양식이 될 것을 믿습니다.

새로 선임된 불교회장(재소자中)을 주축으로 한 불자들의 49일 기도 등 용맹 정진하는 모습에서 본인은 기쁨과 보람을 느낍니다. 현재도 계속 중인 100일 작정 용맹 정진 기도에서 마음속으로만 보내던 박수가 가까운 동학사에서 이렇게 한 번씩 힘이 되어 주실 때는 불자로서뿐만 아니라 담당자로서도 힘과 용기를 갖게 됩니다.

행락철에 즈음하여 무척이나 다망하실 줄 믿습니다. 저희들이

가까운 곳에 있는 동학사에 거는 마음의 지주는 전 불교 신자들의
기둥이 되리라 생각합니다.

　한 순간의 실수로 영어囹圄의 몸이 되어 뒤늦게 불교에 심취·귀
의하고자 하는 푸른 수의의 재소자들, 특히 믿음이 돈독한 분들에
게 심신일여의 굳건한 힘이 되어주셨으면 하는 담당자로서의 바
램입니다. 이 글이 외람되지 않길 바라며 동학사의 번영과 주지스
님의 강녕을 기원합니다.

1986년 9월 2일

불교담당 최병태 올림

산다는 게 부끄러움 같은 것, 그래서 난
부끄러움으로 살고 있어요

누나!

산다는 게 부끄러움 같은 것.

그래서 난 부끄러움으로 살고 있소.

인간人間은 본디 자신을 가지면 안 되는 존재인가 보오.

자신은 자만이고 겸손은 성숙임을 실감하오.

사실, 누나에겐 아무 할 말이 없소.

모든 면에서 높은 경지에 있다는 생각이 들기 때문이오.

그래서 누나를 존경하고 사랑하고 어려워하고 있소.

나의 누나에 대한 그런 감정은 일종의 운명 같은 것인지도 모르겠소.

내게 있어서 누나의 존재는 그러하오.

누나, 외람되지만 난 이런 생각을 하오.

난 누나의 업業이고, 누난 내 업이고, 업은 업의 업이니 몹시 소중한 것이 업이라고….

특히 시간時間을 쪼개서 하루하루를 살아야 하는 나는 그것이 더욱 소중한 것인지도 모르겠소.

모르는 건 도道가 아니오만 그것도 모르겠소.

다만 지금의 내 생활에서 질서를 찾고 훗날 그것이 관조觀照의 삶으로 이어졌으면 좋겠소.

항상 누나의 건강을 빌고 있소.

1986년 8월 11일

경택 올림

* 경택은 일초 스님의 속가 친동생.

마음이 흔들릴 때면 언제나 스님의
가르침을 생각했습니다

스님,

고단하신 안색을 뵙고 와서 늘 마음이 걱정스럽습니다.

어렵고 존경스럽긴 10년 전 스님을 처음 뵈올 때나 지금이나 조금도 변함이 없습니다. 그래서 스님 앞에선 뭔가 제가 하고픈 말이 다 잘 나오지 않았습니다. 스님께서 어련히 제 마음을 잘 이해하시랴, 생각이 듭니다만 그래도 나이 탓인지 조금만 더 스님께 말씀 드리고 싶습니다. 돌아오는 길에 곰곰 생각하니, 제 언행言行에 뭔가 부족한 게 있어 스님께 심려를 끼친 것 같아 얼마나 죄스러운지 모릅니다.

오늘의 제가 있기까지 어찌 스님의 크신 은혜가 없었겠습니까. 스님의 넓고 높으신 은혜가 아니면 어찌 오늘의 상훈이 엄마가 있었겠습니까. 제가 세상 물정도 모른 채 철없이 결혼하여 어른이 되고, 살아오면서 어렵고 고달플 때 스님은 언제나 저의 횃불이시고 길이었습니다. 마음이 흔들릴 때면 언제나 스님의 가르치심을 생각했습니다.

바쁘신 스님을 자주 찾아뵙진 않았어도(저희가 늘 휑하니 갔다 휑하니 돌아오니 바쁘신 스님 번거롭게만 해드리는 것 같은 느낌이었습니다.) 늘 스님이 그곳에 계셔서 저를 반기시고 귀히 여기시리라는 굳은 믿음이 있어 저를 굳게 받쳐 주었습니다.

제가 어찌 스님 은혜에 십분 보답되는 사람이겠습니까마는 그래도 스님이 언제나 절 예뻐해 주시니 저 또한 모자라는 가운데서도 스님의 기대에 어긋나지 않는 참다운 신앙인이 되길 노력하고 노력하겠습니다.

스님께서 오래오래 저희를 인도하셔서 올바르게 생활하게 하여 주십시오. 부디 조금 더 건강하셔서 저희들의 힘이 되어 주십시오. 언제나 스님의 건강을 걱정합니다. 너무 과로하시지 마시고 저희를 위해서라도 몸을 조금만 더 아끼세요.

스님, 심려 끼쳐 정말 죄스럽습니다. 제가 어불성설 어찌 감히 스님이 부담스럽다고 생각인들 할 수 있겠습니까.

스님, 또 뵈러 가겠습니다.

1987년 9월 4일
상훈 엄마 올림

집착의 눌림으로부터 벗어나고 싶어요

모처럼만에 날 새움이오.

새벽빛이 좋아서 눈부신 햇살의 느낌이 좋아서 여명을 기다리던 나의 웅크림이 이젠 도道로써 나와의 화창한 화해를 조명해 가는 모처럼만에 날 새움이오.

나의 부끄러움을 벗다가 결국 새로운 부끄러움을 맞고 말았지만 부끄러움에서 일탈하려는 이 부끄러운 몸부림이 그렇게 짜증스럽지만은 않은 모처럼만에 날 새움이오.

무지로 이행된 나의 행위가 주는 고통스런 체험들을 도로써 정리하고 도가 주는 느낌으로 정연한 삶을 살고 싶소.

그런 빛나는 삶을 꼭 만들고 싶은 모처럼만에 날 새움이오.

누구의 마음에 들고 싶어 하는 나의 유치한 감정을 정리하고 유희적 충동으로 산만해지는 눈과 귀를 닫고 생각은 머물지 않게 사고하여 나의 집착의 눌림으로부터 벗어나고 싶은 모처럼만에 날 새움이오.

나는 나의 신神이오. 나의 신은 모습이 없소. 나의 신은 낮고 잔잔한 힘 있는 목소리를 가졌소. 얼굴 없는 나의 모습에서 신의 목소리를 듣고 한 번 더 부서진 나를 기뻐하는 모처럼만에 날 새움이오.

　믿을 것이 많은 나는 믿고자 하는 만큼 진실하오.

　오늘 날 새움으로 남루한 부끄러움을 벗고 도道로써 지혜를 완성하려는 이 가상한 노력이 눈물겨운 모처럼만에 날 새움이오.

1987년 겨울. 광풍狂風

경택 올림

금어인데, 왜 그토록 절실한 믿음 하나 없을까요?

존경하옵는 일초 스님께 올립니다.

흰 눈이 펑펑 쏟아지니 괜스레 좋아하다가 문득 아직도 그런 낭만이 있었나, 자문하며 피식 웃어봅니다.

요 며칠이 많은 안정과 편안함을 안겨 주었습니다. 평상시엔 새벽 3시 기상은 상상도 못해 봤는데, 3시에 맞춰 일어나려고 첫날밤을 7번은 자다 깨고 자다 깨고 하였답니다. 간절한 소망. 무엇이 크고 무엇이 간절했는지조차 우물쭈물 시간을 다 보내버린 지금, 편안한 속만큼이나 마음도 차분해진 기분입니다.

스님, 혹 저 때문에 스님 마음 쓰시느라 불편하진 않으셨는지요. 요사이 심한 정신적 불안 증세를 많이 느끼며 삽니다. 지금 제가 느끼는 것들이 저만의 것인지, 모두 겪는 것인지, 그림 그리는 일까지 이젠 자신을 잃어가고 있습니다. 왠지 모를 불안과 공포감. 시간에 대한 질식할 것 같은 다급함. 가끔씩 말 못할 이런 이야기들을 스님께 올려 바른 말씀 듣고 싶었으나 스스로 해결해야 하는 현실적 냉혹함이 너무도 야속할 때가 많습니다.

가장 절실한 모습으로 저를 살아 있게 하던 예술적 감각마저도 지금 이 자리에선 물거품 같은 것을 느끼며 그림에 대한 한계랄까, 괜스레 쓸쓸해지기도 합니다.

스님, 어쩔 땐 아니 항상 간절하게 죽도록 절실히 부처님을 의지하고 싶은데 그러면 덜 불안하고 덜 공포스러울 텐데 왜 저에게는 금어라는 필연적 인연을 맺고 있으면서도 그토록 절실한 믿음 하나 없을까요? 요사이 엄청나게도 죽음에 대한 절대적 거부가 아닌 죽음 자체를 조금씩 인정하는, 즉 '이러다 죽으면 어떡하나' 하면서도 '그렇게 될 거야'라는 생에 대한 무서운 포기 같은 것이 생겨난 것 같아요. 언제부턴가 조금씩 마음 한편에서 무거운 생각으로 삶을 붕괴시키는 그런 아련한 인식도 생겨난 것 같아요.

스님, 가뜩이나 몸이 불편하오신데 이런 무거운 글 올려 죄송합니다. 올해는 스님께옵서도 건강하신 한 해 되시고 저도 이젠 지긋지긋한 정신적 불안 증세를 모두 다 동학사 개울물에 씻어 보내고 썩은 속일랑 끄집어내어 깨끗이 씻어 어느 화창한 봄날에 따뜻한 바위 위에 얹어 말려 다시 속으로 집어넣어 옛날같이 건강해졌으면 하는 소원입니다. 언제 뵈어도 중후한 몸가짐으로 고요하게 행하시옵는 스님에게서 녹차처럼 우러나오는 진한 향처럼 고요한 인품을 감히 존경하옵니다.

이 기도 기간 동안 번거로움을 귀찮아하시지 않고 선처해 주신 스님의 깊은 은혜에 한없는 감사 올리옵니다. 고맙습니다.

하루 속히 쾌차하시어 살기 힘들어하는 중생들에게 감로와 같은 부처님의 법비 고루 뿌려주시어 모두 다 바르게 살 수 있도록 인도해 주옵소서. 두 분 어른스님께도 고마운 인사 올리옵니다.

절에 올 때 형편이 여의치 못해 뻔히 알면서도 기도 동참비도 마련하지 못해 기름 값만 달랑 들고 올라와 뻔뻔하게 편히 앉아 기도하고 가려니까 끝날 때까지 마음이 편치 않더군요. 농담이지만 외상으로 하여 주옵소서. 다음에 꼭 갚아 올리겠나이다.

언제까지나 죽는 날까지 존경하옵는 스님께 기억되는 좋은 사람으로 남고 싶은데 부족한 게 너무 많아 항상 죄스럽기 그지없습니다. 많이 이끌어 주시옵고 잘못된 것이 있다면 호되게 꾸짖어 주신다면 달게 받고 즉시즉시 시정하겠습니다.

많이 이끌어 주옵소서. 쓸데없이 넋두리만 남긴 채 떠납니다. 이 글들이 스님 마음 상하지 않게 했으면 좋겠습니다.

건강하시고 안녕히 계십시오.

1990년 정초기도 회향 전날 밤.

송광무 올림

향긋한 차 한 잔의 시時 속으로
빈 마음을 찾아 떠나고 싶어요

스님,

맑은 숲, 맑은 물, 저리도 아름답게 노래하는 저 새는 어떤 모습
의 새일까? 밤새 내린 비 탓인지 대지가 너무나 맑으옵니다. 숲 속
엔 온통 수없는 새들의 노래, 노랫소리로 고죽굴古竹窟의 아침은 시
작되옵니다. 흔하게 널려 있는 쑥을 따다 솥에 끓여 하루쯤 담가두
었다 된장 풀어 끓인 국에 아침을 먹고, 어제 오후에 아궁이에 지
핀 불이 이 늦은 아침까지 이 방에서 못 떠나게 하옵니다. 이렇듯
좋은 고죽굴은 지친 저의 영혼의 쉼터인지도 모릅니다.

그 동안 안녕하시어 건강하옵신지요.

항상 바쁘신 가운데도 넉넉함으로 우리들 곁에 계신 스님의 모
습을 우러르면 마음이 편하옵니다. 내 목을 옭아매는 모든 줄들을
끊어버리고 떠나고 싶은, 모든 것을 다 버린 자의 모습으로 돌아가
고 싶은 마음입니다.

자유로움으로 살고 싶은데 짠 내음이 몸에 밴 갯벌 아낙의 질편한 정情 같은 것이 삶의 터전을 맴도는 것처럼 떠나지 못하고 이곳에서 그 한을 달래며 모든 것을 잊습니다.

건강은 늘 좋으신 편이시라 사료되옵니다. 지난번 보내주신 책(만다라)을 받아들고 기쁘기 한이 없었습니다. 어떤 의미로 스님이 저를 기억하시어 어여삐 여겨 주신다는 게 너무나 가슴을 뭉클하게 하였습니다. 또 용기를 잃지 않게 하신 그 글에 어깨가 무거워 옴을 느낄 수 있었습니다.

스님께서 기억해 주신다는 사실이 너무도 좋았습니다. 여리기로 어린애 같은 철없는 제 글을 용서해 주소서. 그리고 제가 늘 제 마음의 주인이게 이끌어 주옵소서. 이 인연으로 항상 제가 스님 곁에 늘 함께하게 하소서.

아무도 찾는 이 없고 새 소리, 바람 소리 벗하며 혼자 있어도 넉넉한 한나절입니다. 고죽 약수에 솔불 피워 청다 한잔 준비하고 또 하나의 나와 마주 앉아 혀끝에 퍼지는 향긋한 차 한 잔의 시時 속으로 빈 마음을 찾아 떠나고 싶어요.

송광무 올림

언제나 좋은 날 되소서

공중空中에 쭉 뻗어 내린 난초 몇 잎 새 한번쯤 머물다가 구부러진 그 휘여 내림이 걸림이 없네요.

꽃과 잎새가 밝고 어둠의 빛깔로 홀로 조화調和되어 살아나고 걸림 없음에 머물 줄 알아 조화로운 그 생명生命의 탄생은 지미극락至美極樂의 생명입니다.

"언제나 좋은 날 되소서."

두 개 벽이 무너진 그냥, 이유 없이 고마운 날들입니다.

그러나 머물 줄도 압니다. 꼭 표구해서 제가 거처하는 곳에 걸어 둘랍니다. 고맙습니다.

1989년 1월 11일

이정남 배상

이 시대의 지장보살님은 과연
어디에 계시는 것일까요?

스님께,

삼보께 귀의하옵고,

한 그루의 플라타너스가 땅에 뿌리를 내리고 서서 무한한 하늘을 향해 수직으로 뻗어 올라가는 것을 보면 참다운 인간의 모습도 저와 같은 것이거니 하는 생각을 하게 됩니다. 폭넓은 경험의 바탕에 뿌리를 내린 채 하강하면서 동시에 드높은 초월을 향해 상승하는 이미지가 그런 생각을 갖게 합니다.

불교에서 참선을 함은 깨달은 사람이 되기 위함이고, 이 깨달음으로부터 사물을 정확히 통찰할 수 있는 힘을 얻게 되는 것이 아닐는지요. 탐진치 삼독심을 제거한다는 것은 크고 작은 욕심을 제거하고, 일체중생을 향한 대자대비의 마음을 얻게 하는 일이라고 생각합니다.

그에 대한 믿음과 확신 때문에 이 세상 모든 이에게 그러한 가능성이 주어져 있음을 믿기 때문에 정말 신나는 마음으로 출가를 감히 결심했었습니다.

하지만!

속된 말로 "중 보고 중 못 된다."는 그런 말로써 제 스스로를 위로하기에는 참 어려움이 많습니다. 청정해야 할, 물론 승가만이 청정해야 하는 것은 아닌 줄 압니다. 원각경에도 "일심이 청정하므로 시방중생 모두가 청정하다."는 말씀이 나와 있듯이 말입니다.

그렇지만, 모두 부처를 이루겠다는 한 생각으로 모인 스님네들께서 각기 다른 생각으로 몇 천 몇 백 년을 내려온 청정한 승가를 오염시키고 대자대비의 마음을 내기는커녕 내 일신의 안일함과 영달만을 추구하는 모양새를 볼 때면 죄가 되는 줄 알면서도 싫은 얼굴, 싫은 마음이 드는 것이, 급기야는 제 자신에 대한 모멸감까지 치솟아 오르는 것을 참을 수가 없었습니다.

보다 큰 사랑으로, 인생을 살면 살수록 더 넓어지는 마음으로 살아야 하는 것이 인간일진대, 그 중 가장 복 받아 승가에 인연을 두신 스님네들께서 사람을 믿지 못하고, 아예 믿으려고도 하지 않는 아집과 독선에 불타고 계신 것을 볼 때, 겨우 이십여 년을 살아온 저로서는 감당하기가 힘들다는 것을 느끼게 됩니다.

꿈과 환상이 크면 현실에 대한 실망감은 그 배가 된다는 말을 절감하게 됩니다. 인생살이에 있어서 부딪히는 크고 작은 문제들을 그저 업이려니 하면서 포기하고 산다면 그것은 단순한 생물의 생존을 위한 서식일 뿐, 인간의 삶이 될 수 없다고 봅니다.

난관들을 끊임없는 자기 수련의 과정으로 이해하고 대자대비심을 베푸는 경지에까지 다다르는 그런 모습이 자꾸만 아쉽습니다.

스님, 제가 이런 생각을 갖는 것은, 저 또한 부처님의 말씀에 대한 이해와 믿음이 부족하기 때문인가요? 코끼리를 보지 못하고 가느다란 꼬리 하나만 붙잡은 채 "이것이 코끼리의 실체이다."라고 외치는 장님과 같은 무지함 때문인가요?

적어도 지금까지 제가 생각해 왔던 불교는 가장 평범한 진리 속에서 깨달음을 얻어낼 수 있는 그 어떤 철학이나 종교보다도 인간적인 종교라고 생각해 왔습니다. 저의 이런 생각이 잘못된 것인가요? 저의 이런 고민들도 제 스스로 헤쳐 나가야 할 업의 시련이라면, 저는 그런 말씀에는 동감할 수가 없습니다.

세상에는 전생의 업이요, 과보라고는 하지만 얼마나 많은 사람들이 황폐화되는 속에서 억압받고 고난을 받고 있는데 정작 그런 사람들을 이끌고 구제하겠다는 염원으로 출가라는 엄청난 일을 하신 분들께서 자꾸만 자꾸만 다른 쪽 일에만 눈을 돌린 데서야, 이 세상에 더 이상의 사랑과 자비는 존재하지 않을 듯합니다.

이 시간, 이 시대의 지장보살님께서는 과연 어디에 계시는 것일까요?

한때는(지금도 그렇습니다만) 지장보살님과 같이 원을 세우고 그처럼 살겠다고 마음먹었는데….

스님, 죄송합니다. 자꾸만 흥분이 되고, 알 수 없는, 어떤 신뢰에 대한 무너짐의 감정들이 자꾸 저를 들쑤셔서 스님께 감히 도전적이고 무례한 글월을 올린 것 같습니다.

　　부디 용서하시옵고, 부디부디 여법 수행하시어 저희가 가려 하는 길에 길잡이가 되어 주시옵소서.

불기 2535년(1991) 5월 22일

심대원경 올림

스님의 기억 속에 저를 떠올려 주시면
정말 행복할 것 같아요

큰스님께!

항상 매년 이맘때가 되면 잠시 떠나 있던 때가 생각이 나 가슴에 작은 고동치는 소리가 들려와 저의 마음을 설레게 합니다. 바람이 불어 옷깃을 스치면 그리움이 더해 더욱 그러합니다. 비록 떠나고 싶을 때 떠나지 못하더라도 마음만은 항상 머물 곳이 있어 그리 외롭지만은 않습니다.

저에게 어떠한 인연이 주어져 부처님과 부처님의 법과 그리고 스님과의 만남이 이루어졌는지 알 수는 없지만 언제나 마음의 등불로 삼아 소중히 간직하고 항상 따뜻한 마음의 소유자가 되어야 겠다는 마음을 잊지 않게 합니다.

스님, 그동안 몸 건강히 잘 지내시는지 무척 뵙고 싶어요. 그곳 금화사에도 가을이 한창 깊어있겠죠. 너무나 가보고 싶어요.

선주 스님, 현정 스님, 현명 스님 모두 잘 지내시겠죠? 정말 너무나 뵙고 싶어요. 현명 스님은 그때 편지에 강원에 가시게 되셨다며 설레는 마음을 전하셨는데 지금은 어디에서 어떻게 지내시는지 궁금합니다. 그 이후 정말 많은 시간이 흘렀지만 그곳 금화사에서의 날들을 회상하다 보면 저의 시간은 어느새 멈추어져 있습니다. 그리 길지 않은 날들이었지만 제 인생에 있어선 너무나 많은 것을 느끼게 했던 아주 소중한 날들이었기에….

스님, 사실 그 이후 집안에 좋지 않은 일이 생겨서 연락드리지 못했어요. 엄마랑 그럭저럭 잘 지내고 있던 중 밀양에 계신 아빠가 교통사고를 내셨어요. 동네에서 조금 떨어진 강둑 잠수교에서 동네 분들과 술을 드시고 집으로 돌아오시다 먼저 출발하신 아저씨 부부가 타고 가시던 트랙터를 박으셨어요. 논길이라 주위가 어두운데다 트랙터엔 라이트가 없어서 발견했을 땐 이미 늦은 상황이셨대요. 그 사고로 인해 아주머니가 돌아가셨어요.

처음 그 사고를 들었을 땐 전 정말 믿고 싶지 않았어요. 눈물이 났어요. 너무나 당황스럽고 아빠가 정말 미워서 견딜 수가 없었어요. 세상에 나쁜 일은 모두 저희 가족에게만 일어나는 것 같았어요. 더 이상 무너질 수도 없는 상황인데 또 이런 일이 일어나다니 세상이 정말 원망스러웠어요. 부처님께도 묻고 싶었어요. 왜 이런 시련이 일어나는 건지.

아빠의 잘못으로 인해 한 가정이 무너졌어요. 전 그 사실이 견딜 수 없이 고통스러웠어요. 한 가정의 중요성을 너무나 잘 알고 있기에 그 가족들을 생각하면 너무나 죄책감이 들었어요. 전 부처님 전에 기도를 했습니다. 용서해 달라고. 용서할 수 있는 마음을 가질 수 있게 도와주시라고. 그 가족에게도 저에게도. 그 가족에겐 하루라도 빨리 잊고 새롭게 일어설 수 있는 용기를, 저에겐 아빠를 용서할 수 있는 마음을 주시라고 정말 절실히 기도를 했습니다.

하지만 저의 기도가 부족한 탓인지 아빠 아직 용서받지 못하고 지금은 마산교도소에서 복역 중이세요. 지금은 시간이 조금 흘러 아빠를 용서하기로 했어요. 아빠도 운이 나빴었던 거라고 그리고 돌아가신 그분도.

스님, 그 기간 동안은 너무나 힘이 들었어요. 아빠를 쉽게 용서하기엔 그 가족과 우리 가족의 아픔이 너무나 컸었어요. 그 사고로 인해 팔순이 훨씬 넘으신 저희 할아버지께선 죽어도 가기 싫다던 고모 댁으로 가시게 되셨고, 제 동생은 성적이 되는데도 불구하고 인문계학교에 진학하지 못하고 기숙사가 있는 창원기계공고에 진학하게 되었어요.

그렇게 일이 결정되어지는 동안 전 밀양에서 생활했습니다. 그 기간 동안 엄마가 가게를 보고 계셨는데 나중엔 무리가 되어 당뇨가 더욱 심해져 수술을 하셔야 될 만큼 건강이 나빠지셨고 그래서 동생이 혼자 남아 있는데도 불구하고 전 다시 이곳 울산에 오게 되었어요. 너무나 마음이 아파요. 전 정말 혼란스러웠어요. 어떤 자리에 내가 서 있어야 하는지. 지금은 하루빨리 시간이 흘러 동생이 걱정하지 않아도 될 만큼 성인이 되어주길 바랄 뿐입니다.

스님, 이 세상은 정말 알다가도 모르겠어요. 제 마음조차도요. 때론 버텨나갈 용기조차 잃게 합니다. 분명히 용서를 하고 모든 것을 받아들이기로 했었는데도 동생의 외로운 모습, 방황하는 모습을 보게 되면, 고모 댁에 계시는 할아버지의 쓸쓸한 모습을 뵙게 되면 또 다시 아빠를 원망하게 됩니다. 하지만 또 가끔 아빠께 면회를 가게 되면 아빠의 처절한 모습을 보게 돼 가슴 한쪽이 많이 아파옵니다. 그러니까 살아갈 수 있는 거겠죠? 잊히니까.

스님, 가끔씩 이런 생각이 들어요. '그때 내가 돌아오지 않고 그곳에 계속 머물렀더라면 지금쯤 난 어떤 모습을 하고 있을까? 그때 용기를 가지고 새로운 삶에 한번 도전해 보는 건데' 하고 후회해 보기도 합니다. 때론 '그래, 만약 그때에 남아 있었더라면 세상에 대한 미련으로, 가족에 대한 미련으로 버티기가 힘들었을 거야' 하며 혼자 상상해 보기도 했어요. 우습죠. 혼자서….

스님! 오늘 새벽엔 옥상에서 두 시간이나 서 있었어요. 백 년에 한 번 정도 볼 수 있다는 별들의 작은 반란을 보기 위해. 한참을 기다려 겨우 볼 수 있었어요. 날씨가 너무 추워 얼굴이 얼어붙고 콧물까지 났지만 정말 잘했다는 생각이 들었어요. 정말 신기하고 너무나 아름다웠어요. 그 시간에 밤하늘은 너무나 감동적이었어요. 그리고 문득 금화사에서 바라보았던 밤하늘을 상기시켜 주었어요. 짧은 시간 동안 얼마나 평안하고 행복하던지 모든 삶의 무게가 사라지는 것 같았어요. 지금도 그 기분 잊을 수가 없어요.

스님, 별똥별이 떨어질 때 기도를 했습니다. 진실한 사람이 될 수 있게 해 달라고. 진실은 어디에서든 통한다잖아요. 전 정말 진실한 사람이 되기 위해서 최선을 다할 거예요. 믿어주실 거죠? 진실하다 보면 힘도 생기고 지혜도 생기고 복도 생긴다는 부처님의 가르침을 저의 가장 든든한 빽으로 삼아 착하게 살아갈 거예요.

스님, 너무 제 이야기만 많이 한 것 같아요. 스님께선 어떻게 지내시는지. 여전히 바쁘게 지내시겠죠? 요즈음도 강의하러 다니시는지. 전 아직 잊지 않고 있지만 스님께선 많이 잊으셨겠지요? 하지만 가끔씩은 스님의 기억 속에 절 떠올려 주시면 너무나 행복할 것 같아요. 누군가에게 기억될 수 있는 사람은 아름다운 삶을 살아가는 사람일 테니까요.

스님, 전 가끔 제 자신에게 놀라곤 합니다. 언제 어느 자리에서든 시내 한복판에서도 스님들의 모습을 뵙게 되면 저의 시선은 멈추어지곤 합니다. 그리고 그 스님의 목적지를 향해 길모퉁이를 돌아설 때까지 시선과 마음이 좇아가게 되곤 합니다. 그리움이겠죠. 그리고 돌아와선 스님 사진을 꺼내 한참을 들여다보곤 해요. 그러고 나면 왠지 가슴이 쓸쓸해지기도 하고 또 흐트러졌던 제 자신을 추스르게 됩니다.

스님, 언제 한 번 시간 내서 찾아뵐게요. 반겨주실 거죠? 언제가 될지는 모르지만 언제나 그리워서 못 견딜 만큼 마음이 향하면 전

금화사 앞마당에 와있겠죠. 그날이 오면 전 스님께 많은 이야기를 하고 싶어요. 아직도 못 다한 많은 이야기들을…. 그러면 스님은 나직한 목소리로 "응. 그러냐. 그렇구나." 하시며 미소 지으시겠죠. 전 그거면 충분해요. 너무나 기뻐서 눈물이 날 거예요.

스님, 항상 건강하세요. 언제나 잊지 않고 기도 드릴게요. 그리고 저보다 더 어렵고 힘든 사람들을 위해서도 열린 마음으로 기도 드리고 싶습니다.

지금 바깥세상은 너무나 어렵고 힘이 들어요. 그럴 때일수록 스님의 기도 소리가, 그리고 스님의 따뜻한 말 한마디가 큰 의지가 되리라 믿어요. 전 스님께서 세상의 여러 어머니들과 힘들어하는 어려운 사람들의 아픔을 씻어주실 수 있는, 위로해 주실 수 있는 세상의 단 한 분이란 걸 믿어요. 물론 스님의 가르침을 받으시는 선주 스님, 현정 스님, 현명 스님 그리고 그 외에 많은 여러 스님도 그러시겠죠. 스님께서 가르쳤으니까요. 저도 배웠는걸요.

스님, 항상 자기 자리에서 만족하지 못하는 게 인간의 어리석은 마음이라 저 역시 제가 서 있는 자리에서 최선을 다하지 못했던 것 같아요. 지금의 이런 곧은 마음 언제나 잊지 않고 열심히 생활할 게요. 고맙습니다. 건강하세요.

1998년 11월 울산에서
강화주 올림

아직도 소녀 같은 감성과 정의 꼬투리를
간직하고 있는 모습 참으로 곱습니다

우리 일초 스님께,

　스님, 반갑고 고맙습니다. 마지막 남은 한 장의 달력, 땅에 구르는 낙엽…. 해마다 이맘때면 돌아다니는 말들입니다.

　서울에 첫눈발이 하늘대던 날 친구들과 영남의 알프스에 등산을 갔었습니다. 가지산, 영취산. 둘이 있는 곳으로. 석남사와 통도사에 들렀지요. 석남사는 단청을 정성들여 곱게 했더군요. 우리 일초 스님이 이런 데에서 후진을 길러야 하는데 싶었습니다. 스님 생각에 젖은 마음으로 사무실에 오니 반가운 글발이 있었습니다.

　스님의 꿰뚫은 눈썰미와 마음가짐은 참으로 많은 깨침을 주지만 이 세상의 속된 눈결 잃지 않음이야말로 진정한 깨침이요, 실행의 바탕이라 여겼습니다. 아직도 소녀 같은 감성과 정의 꼬투리를 간직하고 있는 모습 참으로 곱습니다.

스님의 반갑고 정이 듬뿍 담긴 글을 읽고 "뭐하고 있소!"라는 말이 떠오르는군요. 지금까지 뭐 합네 하는 이들에게 갈겨주고 싶었던 말이 스님에게는 기대와 재촉하는 마음에서 떠올랐습니다. 내게는 짜증 섞인 투로 되뇌어집니다. "그럼 넌 뭐하고 있었냐!"고.

우린 인생을 살아오는 동안 큰 뜻과 마음가짐들이 있었고 그게 더러는 바뀌기도 하고 욕심스러워지기도 했겠으나 이 나이들이 되고 보면 그때 그랬더라면 싶은 것이 있기도 하고 때로는 그때 힘 실어 끌어주지 않았던 또는 등 떠밀어주지 않았던 어른들, 선배들, 후배들에게 탓을 돌리고 싶은 마음도 있지만 모두가 제 탓인 것을 압니다.

타고난 생김새와 사는 모습이 말을 거들거나 행동을 가르쳐 줄 만치 다소곳하고 녹록하지 못하다는 말을 듣기도 하지만, 실상은 정말로 남모르는 외로움, 고독을 느끼며 살고 이제는 일상이 되었답니다. 많은 사람과 어울리면서도 어려운 속 털어놓지 못하고 외로움 겪으며 곱씹어 가며 이렇게 늙어가는 것을….

스님, 늘 스님을 생각할 때마다 흐트러진 삶이 되지 말자고 다지고 있습니다. 이번에 술 많이 마시고서는 다음날 이제 끊자 했는데 어렵고 조금씩 마시곤 합니다.

스님, 우리는 이제 어찌 될까요?

스님, 우리 굳세게 삽시다. 얼마를 살지 모르지만 용기를 가지고 사람을 사랑하고 아끼고 도우며 자신을 챙기고 정리하며 살아갈 날들이 있습니다.

누가 그랬대요. 우리 서로 알게 된 지 몇 년인가? 남은 날들은 얼마일까? 남은 날이 훨씬 많으면 그런 대로 차분하게 지내고 남은 날이 짧거들랑 하루를 곱으로 몇 곱으로 진하게 보람차게 살자고 말입니다.

인생은 가치 있는 길입니다. 이 길에 좋은 길동무 있으면 가치만이 아니라 기쁨도 있는 길입니다. 스님의 배려와 걱정에 감사를 드리며 새해 더욱 우리 생각하며 건강하세요.

1999년 12월 3일

무명불자 올림

하루에도 몇 번씩 화를 내고 또 반성하는 일을
되풀이한답니다

스님 안녕하셨어요?

합장하옵고, 오래전에 뵈옵던 스님의 모습을 마음에 그리며 그동안의 안부를 여쭈어봅니다.

요즘 세간의 유행어처럼 '무늬만 불자'라고 자청하는 불자이기에는 많이 모자라는 저까지 챙겨서 보내주신 축원의 말씀 감사히 잘 받았습니다. 진심으로 감사의 말씀 드립니다.

감사하다는 말씀을 글로나마 전해 드리려고 종이에 몇 번이고 고쳐 쓰는 동안에 설이 지났어요. 그러니까 설날 며칠 전부터 시작했거든요. 결혼생활 30년 동안에 한 번도 누구에게 글로 제 마음을 적어 본 기억이 없어서요. 표현도 서툴고, 글씨체도 부끄럽고. 또 맞춤법에 자신이 없어서. 많이 망설였어요. 다시 옮겨 적고 했지만 그래도 틀리면 스님께서 그냥 '촌 아낙네의 서툰 글재주구나' 하고 이해하여 주세요.

설이 지났으니까 이제는 작년이라고 고쳐 쓰게 되었네요. 작년에도 스님이 마음을 다하여 써주신 축원을 받아서 정말로 좋은 한 해였어요. 좋은 며느리를 얻고 또 예쁜 외손녀도 보고요. 올 한 해도 좋은 해가 되리라 예감하며, 아울러 스님의 건강하심을 부처님께 기원합니다. 또 열심히 불경 공부도 하고 정진하도록 노력하겠습니다.

저희 집에는 치매 상태가 중증이신 80세 된 시어머님이 계시는데, 20세에 청상이 되신 시어머님은 슬하에 무녀 독남인 제 남편뿐입니다. 저는 처음 결혼해서 어머니가 치매에 들기 전까지는 시어머님께 꾸중을 들을까 봐 마음대로 외출을 못하였고, 지금은 또 어머니를 혼자 둘 수가 없어서 외출하기가 어려워요.

며느리인 저를 보고 "우리 며느리 어디 갔는지 아느냐?"고 물으실 정도로 치매 정도가 심하셔요. 치매 환자를 돌보는 일이 보통의 인내심을 필요로 하는 것이 아닌, 정말로 특별한 제 마음의 무장을 필요로 한 것이기에 하루에도 몇 번씩의 화를 내고 또 반성하는 일을 되풀이하면서 부처님의 자비를 구하여 봅니다.

나무 아미타불 관세음보살.

지장보살님께도 저를, 또 제 어머니를 '이 업의 굴레에서 구원하여 주십사'라고 간절한 마음으로 모셔봅니다.

솔직히 저는 아직 부처님을 모시는 법을 잘 몰라요. 저는 어렸을 때 외가에서 자랐어요. 외할머니는 열심히 불경을 읽으셨어요. 창호지를 넘기기 좋게 접어서 저희 아버지가 붓글씨로 모든 경책들을 읽기 좋게 베껴 쓰셨어요. 이렇게 적은 불경이 닳아져서 몇 권을 다시 만드셨어요. 제 친정어머니도 그러하셨고요.

제가 부처님 법을(진리의 말씀만이라도) 듣고 알아서 마음에 담은 것은 제가 어렸을 때였고, 지금도 외할머니의 모습을 생각하며 좀 더 열심히 공부를 하려고 하지만 게으름이 따라주지를 않네요.

계속 부처님 말씀대로 살려고 노력하며 경전 공부도 열심히 하겠습니다. 스님의 법문을 듣는 동안 제게 남은 세월은 길지 않고 해야 할 일은 많다는 것을 실감했거든요.

이렇게 적다 보니 수다만 떨었어요. 다음에 스님을 만나 뵈옵는 기회가 있으면 좀 더 많은 법문을 청하여 듣겠습니다.

이만 줄이옵고 건강하십시오. 그리고 성불하십시오.

2000년 1월 14일
김정희 드림

거저이고 아무것도 아닐 수 있는 것에
행복을 느끼고 기뻐하며 살겠습니다

비의 행복

- 오보영(시인)

네게 줄 수 있음은

나의

행복이란다

네게 갈 수 있음은

나의

기쁨이란다.

내가 주는 물줄기로 새 힘을 얻어

네 삶에 큰 보탬이 된다고 하니

내겐 더 없는 영광이란다

내겐 더 없는 보람이란다

안녕하십니까? 일초 스님.

저는 육군사관학교 일본어日本語 전공인 6중대 4학년 박해종 생도입니다. 스님의 글을 보고 문득 떠오른 시가 있어서 한 수 적어 봤습니다. 거저이고 아무것도 아닐 수 있는 것에 항상 행복을 느끼고 기뻐하며 보람을 느끼면서 살겠습니다.

스님의 글을, 말씀을 가슴에 새기어 그 정신을 이어나가겠습니다. 거저 써주신 글이 제겐 큰 가치로 올 듯합니다. 감사합니다.

일초 스님!

추운 날씨에도 건강은 항상 신경 쓰시고 하루하루 밝고 힘차길 바라겠습니다.

2010년 11월 18일

해진海進 박해종 생도 올림

스님, 내가 누구인가를 모르면 안 되나요?

존경하는 스님께.

귀의삼보 하옵고, 어느덧 새 생명이 눈을 뜨는 봄이 저희 앞에 한 발 더 다가섰습니다. 스님, 그동안 안녕하신지요. 저는 이번에 스님 께 법명을 받게 된 '선화행'입니다. 스님께 법명도 받고 정말이지 영광입니다. 감사합니다. 스님.

음, 제가 불법을 알고 부처님이 누구신지, 스님이 누구신지…, 여러 가지들을 그냥 조금 알고 있는데도 불교 얘기만 나오면 뭐 크게 아는 것처럼 뭔가가 솟아 나와요. 이렇게 불법이 어려운 것인 줄 도 모르고, 지극한 정성으로 하면 다 이루어진다는 게 꼭 마술 같아요. 예전에는 그냥 할머니 따라서 절에 가면 절이나 하고 금으로 옷 입으신 부처님만 보고 나왔는데, 이것이 인연이 되었나요? 지금은 부처님을 뵈어도, 절을 해도 예전보다 이상한 마음이 들어요. 불교를 가까이 접하게 되어 너무 기쁩답니다.

부모님께서는 저에게 가끔씩 "일찍이 불법을 만난 것이 행운인 줄 알아라." 하세요. 처음엔 그냥 그런가 보다 하고 그냥 "네." 이러고만 넘어갔는데 지금은 왜 이런 말씀을 하셨는지 알 것 같아요. 기도라는 것도 하고 책도 접하고 이런저런 얘기도 들으니 뭔가를 알 것 같은 기분도 새삼 느낀답니다.

스님! 저요, 이 기도라는 것을 하고 많이 변했어요. 완전히 달라진 것은 아니지만 새 사람이 된 기분까지 들었어요. 솔직히 6학년 때부터 중학교 1학년까지 저희 천사 같은 엄마를 만나기 전까지는 항상 "내가 왜 이렇게 사나! 왜 나는 슬프게 살지? 빨리 죽고 싶어. 괴로워. 슬퍼." 매일 같은 생각뿐이었기 때문에 성적도 좋지 않았어요. 하지만 지금은 아니 내가 이때 왜 이런 쓸데없는 생각을 했나, 하는 게 창피해요.

스님! 인연법이라는 게 있잖아요. 스님과 저도 인연이 닿아서 만난 거고요. 그럼 친구도 인연으로 만나나요? 그 중에 가장 진정한 친구는 따로 어떻게 알아요? 전 진정한 친구가 누군지 모르겠어요. 누구나 다 허물이 있기는 마찬가지니까요. 전 거의 학교에서 혼자 지내요. 점심시간 간단한 대화할 때만 빼고요. 그냥 혼자 앉아 있는 게 편해요. 조용한 게 좋아요. 다른 애들처럼 막 군것질 하는 것도 안 좋아하고, 또 돈 쓰는 것 자체가 아까워서요. 점심을 안먹을 때도 있어요. 돈이 아까워서. 잘못된 생각이에요? 이런 저를 애들은 못마땅하게 여길 때도 있지만 그래도 전 '너네는 그래라.

난 나다.' 생각하고 말아요. 예전에 아버지 말씀이 "지금 친구는 그냥 친구다. 네가 나중에 훌륭한 사람이 됐을 때 사귀는 친구가 참 친구다." 이러셨는데 스님 생각은 어떠세요?

스님, 저는 이제 중학교 3학년이랍니다. 내년이면 고등학교 진학 문제로 갈팡질팡하겠죠? 지금도 큰 고민이랍니다. 아버지는 서울 인문계를 원하세요. 하지만 워낙 하늘의 별 따기라…, 어려워요. 성적도 좋지 않은데. 못 올라갈 나무 쳐다보지도 말랬다고 안 쳐다볼래요. 제가 너무 과격한 생각을 했죠? 주제에 안 맞게. 어떻게 하면 그래도 인문계를 들어갈 수 있을까요? 저를 모르는 분들은 제가 1등인 줄 아세요. 아버지가 똑똑하셔서요. 어쩔 땐 부담도 되고 죄송할 때도 있어요.

스님! 전생도 있잖아요. 제가 전생에 죄가 많으니까 복 있게 태어나지 못하고, 잘난 것도 없고. 저는 전생에 무엇이었나요? 궁금해요! 사람? 동물? 식물? 미생물? 자기가 지금 싫어하는 게 자기 전생이라는 말이 있는데… 거짓말이죠? 전 지금 열심히 수행, 정진해서 다음 생은 꼭 부잣집 남자아이로 태어날 거예요. 아니, 태어나고 싶어. 그래서 보시도 많이 하고, 공덕도 쌓아야 돼요. 또, 영원히 부처님의 제자 중 한 사람이 되고 싶어요.

스님! 참선을 하면 무슨 특별한 변화가 생기나요? 그냥 화두의 답을 얻는 게 아니고요? 아버지께 여쭈어 설명을 들었지만 그래도 모르겠어요.

스님, 사람이 태어나면 엄마 뱃속이 아니라 다른 곳에서 태어나나요? 왜 화두를 가지면 "나는 누구이며 어디에서 태어났으며 어디로 갈 것인가? 왜 사는가?" 뭐 이런 걸 하잖아요.

『삶은 고가 아니다』라는 책에서는 내가 누구인가를 모르면 안 된다는데 이건 또 왜죠? 책 내용이 어려워요. 내가 누구인가를 모르면 안 되나요? 그리고 모든 것이 다 마음에서 생각하고 이에 따라 우리가 행동하는 것이죠? 마음먹기에 달린 것이죠?

스님! 스님은 아무나 되는 게 아니죠? 제가 만약 나중에 스님이 된다고 하면 어쩌실 거예요?

스님, 사람의 눈만 보면 무슨 생각을 하는지 아세요? 어떻게 알 수 있죠? 그리고 마음이 화가 나면 얼굴도 이상해지고, 마음이 맑고 깨끗하면 얼굴도 환하고 예쁘고요. 참 신기해요.

스님, 제가 많은 질문을 했나요? 정말 불법엔 제가 모르는 신기한 것들이 많아요. 스님, 그럼 이제 저도 법명을 받은 몸이니까 앞으로 열심히 살겠습니다. 다시 한 번 감사 드립니다.

항상 저를 지켜봐 주세요. 저희 가족도 지켜봐 주세요. 그럼 건강 조심하세요.

나무 석가모니불. 나무 관세음보살. 나무 마하반야바라밀.

불기 2544년(2000) 3월 8일
음성에서 선화행 합장

몰랐습니다. 전혀 몰랐습니다

일초 스님,

몰랐습니다. 전혀 몰랐습니다. 거저 주어지는 것들의 그 고귀한 소중함을…. 그저 하루하루, 아무런 감흥 없이 지나간 시간 속에 아! '감사'가 있었구나!

깨닫게 해 준 스님께 감사드립니다. 항상 감사하는 마음으로, 고마워하는 마음으로 살아가겠습니다.

2010년 11월 18일 화랑대에서

김형규 생도 올림

우리가 사랑할 날이
얼마나 남았을까
동학사 일초 스님과 비구니 스님들의 편지

초판 1쇄 발행	2017년 3월 25일
초판 2쇄 발행	2017년 5월 3일
지은이	일초
펴낸이	윤재승
주간	사기순
기획편집	사기순, 최윤영
영업관리	김세정
디자인	나라연
펴낸곳	민족사
출판등록	1980년 5월 9일 제1-149호
주소	서울 종로구 삼봉로 81 두산위브파빌리온 1131호
전화	02-732-2403, 2404
팩스	02-739-7565
홈페이지	www.minjoksa.org
페이스북	www.facebook.com/minjoksa
이메일	minjoksabook@naver.com

ⓒ 일초, 2017. Printed in Seoul, Korea

ISBN   978-89-98742-82-9 (03800)